copyright © Patrick Coulomb 2019
pour The Melmac Cat - *themelmaccat@gmx.com*
Tous droits réservés. Ce livre, ni aucun extrait, ne peut être reproduit ou utilisé sans une autorisation écrite du propriétaire des droits (auteur ou éditeur), exception faite de brefs extraits pouvant être reproduits dans des articles de presse, des conférences ou des livres scolaires.

© 2019, Patrick Coulomb

Edition : Books on Demand,
12/14 rond-Point des Champs-Elysées, 75008 Paris
Impression : BoD - Books on Demand, Norderstedt, Allemagne
ISBN : 9782322183968
Dépôt légal : septembre 2019

La porte des dragons
Vienne le temps des dragons – vol. 1

Patrick Coulomb

THE MELMAC CAT
> *Ailleurs(s)*

Note et préface de l'auteur

La première partie de ce texte a été écrite durant l'année 2012, alors que sévissait sur toute une partie de la planète la croyance fantasmatique en une prophétie maya qui annonçait la fin des temps pour le 22 décembre de cette année-là. De cette amusante conjecture est née l'idée de cette histoire, qui n'a pourtant rien à voir avec les Mayas...

Les événements rapportés dans ce texte sont bien évidemment fictifs et imaginaires, et toute ressemblance avec des personnages réels serait fortuite ou involontaire. Toutefois, s'il était amusant de se servir de la théorie maya d'une fin du monde en 2012, il est « amusant » aussi de penser que les dragons ne sont peut-être pas seulement le fait d'une hallucination collective. J'ai beaucoup pensé au film de Rob Bowman *Le règne du feu* en écrivant ces pages (*Reign of Fire*, 2002) ainsi qu'aux nombreuses légendes sur les dragons, britanniques ou d'autres origines. Il y a un mystère réaliste dans l'existence de ces créatures.

Il y a d'ailleurs toutes sortes de réalismes possibles. Celui que l'on tente de nous vendre ces temps-ci (et cela fait un moment que ça dure) se fonde volontiers sur l'existence d'un dieu créateur. De bons esprits tentent - ou ne tentent pas - de faire coïncider cette vision des choses (rassurante pour quantité d'individus) avec la vision de la science, difficilement compatible avec la foi. On s'accommode donc, plus ou moins volontiers, suivant sa culture et sa religion, de cette éventuelle compatibilité entre une création divine et un monde né en quelque sorte de lui-même. Pour un athée, il est impensable qu'un dieu (mais lequel d'ailleurs, puisque plusieurs se targuent d'être ce Créateur originel ?) ait créé l'univers. Pour l'homme de foi à l'inverse, impossible de croire que ce n'est pas Dieu (Allah, Yahvé, ou tout autre nom qui lui est donné) qui soit à l'origine de tout.

Mais qu'y avait-il *avant* ce fameux dieu - si tant est qu'il y eut un « avant » aux choses - qui l'a fait naître ? Les théologiens se battent sans doute pour faire entendre leurs visions... Cependant, la multiplicité de ces dieux créateurs monothéistes peut aussi être considérée comme une rémanence du « multithéisme » qui a précédé ce triple ou quadruple monothéisme. Et cela est intéressant et nous donne une piste vers une autre voie, un chemin de traverse qui n'est pas incompatible lui avec l'athéisme. Ni avec l'existence des dragons... Quel chemin ? Celui de la spiritualité chamanique, moins dogmatique que les monothéismes et - paradoxalement peut-être - capable de davantage prendre en compte le réel, ou tout au moins de mieux l'adapter. Ces religions « primitives », dont on ressent encore l'influence dans nos monothéismes conquérants, étaient faites de « petites » spiritualités, à l'échelle d'une forêt, d'un village, d'une rivière. Elles n'interdisaient rien, elles expliquaient tout par de fragiles passerelles qui rendaient compte déjà d'un possible compromis entre le monde tangible et celui de l'esprit. Pas nécessairement un monde divin, mais un monde de forces impalpables, cachées, secrètes. « Je crois aux forces de l'esprit », déclara un jour un des présidents de la République française, François Mitterrand, et que faisait-il d'autre alors sinon exprimer à sa manière ce chamanisme pragmatique des peuples premiers ?

Débarrassé des oeillères du monothéisme (peu importe lequel) l'être humain peut devenir alors la corde sensible qui vibre avec son environnement. Or, parmi les possibles, la science nous révèle aujourd'hui que notre univers pourrait être un parmi d'autres, non pas éloignés dans le temps et l'espace, mais « parallèles »... C'est la théorie du physicien américain Hugh Everett, publiée dans les années 1950, et la célèbre expérience du chat de Schrödinger. De tous temps, des passeurs entre les mondes nous sont alertés sur cette éventualité d'une multiplicité des univers. Ce roman est en quelque sorte l'histoire, contemporaine, de l'un de ces passeurs.

A l'impossible.

*"Le Drac fut le premier à se réveiller.
Puis vint King Gidorah.
Dans les villes s'installèrent
quelques croque-mitaines;
dans les campagnes les ogres des contes
et légendes refirent leur apparition.
Ils aimaient toujours la chair fraîche.
Il ne faisait pas bon être un enfant".*
Biagio LaMarca,
*Chronique des événements étranges survenus après
le 22 décembre 2012.*

SUR LA TERRE DES DRAGONS – PROLOGUE

Discours de Siwolfann-Riink au Conseil Supérieur de Tarra-001

« *Il se passe des choses étranges dans les mondes. Oui, mes amis, des choses étranges. Sur les centaines de Tarras parallèles que nous avons répertoriées, rares sont celles qui possèdent le même équilibre que celui qui est le nôtre. Mais elles sont pour la plupart trop éloignées dans les cordes pour représenter un danger. Des explorateurs de notre espèce ont voyagé dans les Tarras, puisque nous avons ce privilège qui semble à ce jour unique de pouvoir nous déplacer de corde en corde. Ils ont pu ramener des récits quelquefois anecdotiques, quelquefois inquiétants, mais au bout du compte, rien qui nous mette réellement en danger. Sauf sur l'une d'entre elles, notre voisine, que nous avons nommée 408 et qu'ils appellent de divers noms, car ils ne parlent pas d'une seule et même langue. Terre, Terra, Earth, Erde, Aarde, est habitée, je devrais dire infestée, par une espèce de petite taille qui a compensé son absence d'aptitudes physiques (ils ne peuvent ni voler, ni cracher du feu) par un développement scientifique et technologique aveugle. Ils avancent dans le noir, sans comprendre les conséquences de leurs actes, mais ils avancent. Et la progression de 408 menace aujourd'hui notre propre Tarra.*

C'est pourquoi le Conseil a décidé d'envoyer des Eclaireurs, avec une double intention : mesurer et contrôler. C'est-à-dire mesurer le danger que 408 nous fait encourir et, si le besoin s'en fait sentir, contrôler 408, en prendre les rênes. Les petits hommes qui la peuplent sont nombreux, mais, comme vous le savez, nous avons plusieurs possibilités pour les maîtriser : en premier lieu la terreur, car ils ont peur de nous, le passé l'a démontré lors des quelques incursions que nous avons déjà fait sur 408, ou la fusion. Car nous pouvons, peut-être, éviter la violence. Certains d'entre nous, les Supra, sont directement connectés par les cordes à d'autres individus sur plusieurs des mondes parallèles, et en particulier sur notre voisin 408. Cette connexion, dont nous n'avons pas défini toute la complexité organique, peut mener à la fusion. La fusion est une opération dangereuse, elle ne garantit pas la prééminence de notre espèce, mais, même si plusieurs des Supra doivent finalement se transformer en apparence pour devenir des humains, ils resteront à l'intérieur les dragons que nous sommes et pourront ainsi prendre le contrôle de 408 et la rediriger dans un sens qui ne nous soit pas funeste. Je vous concède, mes chers amis, que la Terreur est une solution plus simple en première analyse, mais les Eclaireurs qui vont partir sur 408 nous feront leur rapport, et nous saurons bientôt de quelle manière nous allons devoir régler le problème que nous posent les hommes... »

Pour commencer
*« I got my mojo working,
but it just don't work on you
I got my mojo working,
but it just don't work on you. »*
Muddy Waters – "Got My Mojo Working" (1957).

En ce temps-là j'avais le *mojo*. Je veux dire qu'on aurait bien dit que la chance me souriait, parfois faut pas chercher à comprendre. Ma bagnole n'était pas tombée en rade depuis plus de six mois ; j'avais rencontré une blonde dans un bar et le rodéo avait bien duré quarante-huit heures avant qu'elle ne me largue, puis une jolie brune que je voyais de temps en temps et qui me faisait entrevoir d'autres horizons possibles que le célibat ; même mes locataires étaient cool, puisqu'ils me payaient tous les mois rubis sur l'ongle les loyers qu'ils me devaient. Il faut dire que j'avais embauché un gars pour faire la tournée à ma place qui savait y faire - gentiment - avec les récalcitrants. Bref, j'avais de quoi voir venir, de quoi circuler, et même un lit douillet où aller me changer les idées avec une « chouette nana ». Un vrai héros de série B des années 70. C'était trop beau pour être vrai.
Faut croire.

Les choses ont commencé à se gâter autour du mois de mai. D'abord rien, je ne m'en suis pas aperçu, une impression diffuse, un truc bancal : la sensation qu'une ombre furtive me croisait, ou passait derrière moi. C'est arrivé une fois, puis une autre, à plusieurs semaines d'intervalle. Rien de captivant, rien d'angoissant. Des ombres qui passent. Il en passe tous les jours, pas vrai ? D'ailleurs je ne peux pas dire que je m'en étais vraiment aperçu, pas consciemment. Est-ce qu'on s'aperçoit de ces choses-là ?

Jeudi 17 mai 2012.
Jour de la mort de Donna Summer.
« *I'm all lost in the supermarket,*
I can no longer shop happily
I came in here for that special offer,
a guaranteed personality. »
The Clash – "Lost In A Supermarket" (1979).

C'est pendant que je faisais des courses avec Jennifer - cette jolie brune que je voyais de temps en temps - que ça s'est précisé. Je venais d'avoir la sensation bizarre qu'une ombre était sortie du rayon boucherie, avait traversé la travée et s'était fondue dans les steacks hachés...
- Tu as pas senti un truc bizarre ?
- Genre ?
- Genre, comme si une ombre nous était passée à côté.
- N'importe quoi, monsieur voit des ombres maintenant, tu sais que ça se soigne ?
Je haussais les épaules, résigné, de toutes façons comment faire partager une sensation aussi fugace ? Je fis donc à Jenn une réponse passe-partout.
- Laisse tomber, il fait un froid de canard dans ce supermarché, ça doit être ça.
On a repris nos petites affaires, rempli le chariot avec à peu près quinze millions de trucs inutiles et on a filé chez elle. Je lui avait promis que ce soir c'était

moi qui faisais la cuisine, et j'avais l'intention de nous concocter un vrai repas 4 étoiles. Mais je sentais Jennifer plus troublée que ce qu'elle voulait bien dire par ce que j'avais lâché entre les gigots et les steacks hachés... Avant de monter dans le gros Mercedes Vito qui me servait de véhicule quotidien, elle ausculta le parking du magasin avec des mines de Sioux puis elle me fit :
  - Tu sais sur quoi c'est construit ici ?
  - Nan, pourquoi ?
  - C'était la nécropole d'une tribu celto-ligure, on a appris ça il n'y pas longtemps, j'ai fait un article dessus dans le journal.
  - Et après ?
  - Et après, et après, tu me dis que tu vois des ombres et on est en plein sur un cimetière, tu trouves pas ça bizarre, toi ?
  Je la trouvais surtout à croquer avec sa voix rauque et son micro-débardeur, aussi je lui fis un de mes sourires estampillés « à-faire-fondre-la-banquise » et je démarrai le Vito, direction son lit, et plus vite que ça, pour le repas, on s'en occuperait après.

Jeudi 21 juin 2012.
Solstice d'été. 11ᵉ anniversaire de la mort de John Lee Hooker.
« *It's close to midnight and something evil's*
lurking in the dark
Under the moonlight, you see a sight
that almost stops your heart
You try to scream but terror
takes the sound before you make it
You start to freeze as horror
looks you right between the eyes
You're paralyzed. »
Michael Jackson – "Thriller" (1982).

A l'époque, je rêvais de voyages et de beuveries et jolies filles. Pour les beuveries, j'étais servi, pas de doute, et l'alcool m'aidait à croire que j'avais les deux autres éléments de ma trilogie, autrement dit les filles et les voyages, mais ce n'était pas vraiment le cas. Je n'étais pas sorti de ma ville depuis au moins six mois, même pas pour une balade en forêt ou une partie de pêche en mer avec des potes. Et Jennifer m'avait plaqué, comme les autres, au bout de quelques semaines. Je gardais la trace en moi de sa voix grave qui continuait à me rendre mélancolique chaque fois que j'y pensais, et j'y pensais d'autant plus facilement qu'elle ne se gênait pas pour m'appeler de temps à autre, dire bonjour, me raconter sa vie, comme si on était toujours ensemble. Mais après tout peut-être était-ce sa vision à elle du couple. Jenn bossait en *free lance* dans un journal du coin, elle écrivait sur tout et rien et avait un tropisme certain pour les affaires macabres et les trucs bizarres. En prime, sa voyante, car elle fréquentait tous les mardis à 22h une chiromancienne mauricienne, lui racontait des histoires abracadabrantes et elle me les répétait, toute enjouée, comme si c'était de bonnes blagues.

- Tu sais qu'on a vu un sosie de Michael Jackson dans un village de Côte d'Ivoire ? venait-elle de me rapporter. Dans un ancien royaume Akan, un village où il était allé en 1992 et où on l'avait couronné roi, parce qu'il disait qu'il était originaire de ce coin-là d'Afrique, et que ses ancêtres venaient de là, du royaume Sanwi.

Jenn semblait passionnée par cette histoire, aussi je lui dis d'arrêter de me hurler dans l'oreillette et qu'elle ferait mieux de passer chez moi avec une pizza, histoire de me la raconter tranquillement pendant la soirée. Je n'avais pas renoncé il est vrai à flirter encore une fois avec sa cambrure si émouvante et à glisser mes doigts sur tous les centres névralgiques de son anatomie. A mon grand étonnement elle accepta. Je frissonnai en raccrochant, avec la sensation, à laquelle je ne portais plus guère attention, qu'une ombre passait en dansant une sorte de *moonwalk* diffus dans l'extrémité droite de mon champ de vision.

* * *

Jenn arriva peu de temps après avec une pizza aux anchois dans un carton vert-blanc-rouge aux couleurs de l'Italie et une petite robe princesse seulement rouge qui lui faisait des jambes de sauteuse en hauteur. Je bavai - intérieurement - toute la soirée pendant qu'elle m'expliquait ce qui s'était passé au village de Krindjabo. Quelque temps plus tôt, au matin, exactement vingt ans jour pour jour après la venue du chanteur aujourd'hui décédé, l'arbre à palabres du village s'était effondré sans raison apparente, s'écrasant sur le toit en tôle ondulée d'une des cases cerclant la place. Une fumée s'était alors élevée vers le ciel et chacun avait pu voir distinctement se former comme le dessin d'un petit chapeau de feutre, exactement semblable à celui que portait tout le temps Michael Jackson, puis un homme était sorti de la case, presque blanc de peau, que personne ne connaissait, il avait marché jusqu'à la demeure du chef, une belle maison en dur à la lisière du village, suivi par un attroupement de gamins qui étaient restés étrangement silencieux. Il avait fait un signe au domestique qui rêvassait sur une paillasse pour qu'il vienne lui ouvrir et il était entré, d'une démarche de seigneur, dans la maison du chef. On ne l'avait plus revu ensuite. Disparu, envolé, et le chef du village, Agniwan Gniwan, avait fait une déclaration insolite à la presse locale (le correspondant à Abengourou du *Fraternité-Matin* d'Abidjan) selon laquelle l'homme presque blanc apparu ce matin là lui avait raconté être l'esprit de Michael Jackson et qu'il reviendrait tous les vingt ans à la même date hanter son peuple, tant que sa dépouille ne serait pas enterrée, comme le veut la tradition des Sanwi, sous l'arbre à palabres du village de Krindjabo.

Jenn finit son histoire en me questionnant d'un regard en billes de loto, comme si je devais faire un lien entre le fantôme ivoirien de Michael Jackson et ma propre condition d'individu voyant des ombres. C'est à ce moment-là que la télévision, qui fonctionnait en sourdine depuis le matin, décida de stopper brusquement toute retransmission dans un *blonng* sourd mais distinct qui nous fit nous retourner. Elle redémarra presqu'aussitôt quittant la chaîne nationale TF1 pour se positionner d'elle-même sur MTV-Europe, qui diffusait précisément le clip *Thriller* de Michael Jackson... Jenn poussa un cri d'orfraie, tétanisée, et je jure que je n'avais pas trafiqué l'appareil, je ne suis pas assez doué pour ça en électronique cathodique. C'était un « heureux hasard », n'en doutons pas, qui me permit de passer une nouvelle nuit avec une Jennifer toute frissonnante. La dernière avant longtemps, faut bien avouer.

Jeudi 27 juillet 2012.
28ᵉ anniversaire de la mort de James Mason.
« *There's a strange boat in the bay.* »
Ava Gardner, extrait du dialogue du film *Pandora*, d'Albert Lewin, avec James Mason (1951).

On était au mois de juillet et Jennifer avait à nouveau disparu de la circulation. Je n'avais définitivement plus le *mojo*. Le Vito était en rade, et Habib, mon mécano, faisait de son mieux pour lui procurer une nouvelle jeunesse. Richard, mon encaisseur, se faisait à son tour tirer l'oreille pour me remettre la totalité des sommes convenues entre nous, et j'avais décidé d'attaquer l'écriture d'un nouveau roman, sans avoir l'esquisse de l'esquisse de la trame d'une histoire. Il le fallait pourtant. L'argent ne coulait plus à flots et mon éditeur me réclamait à corps et à cri 300 000 signes avant le mois d'octobre pour pouvoir sortir mon nouveau livre au moment du Salon de Paris. Le pays invité l'année à venir étant l'Italie, il voulait que je lui ponde un roman sicilien bien senti, avec mafia, touristes et *terrone*. Si vous ne saisissez pas pourquoi, vous comprendrez mieux quand je vous dirai que mon nom est LaMarca, Biagio LaMarca, et que je suis le dernier représentant de ce côté-ci des Alpes d'une famille sicilienne hélas plus connue pour avoir donné plusieurs de ses enfants à Cosa Nostra que pour avoir façonné des prix Nobel de mathématiques. Je passai donc mes journées à tapoter des pages sans saveur sur le clavier de mon ordinateur, des ombres me passant de plus en plus souvent dans le dos, voire entre les doigts, quand une autre nouvelle étrange finit par me convaincre que je devais peut-être porter attention aux derniers propos que m'avait tenus Jennifer au matin qui avait suivi la « nuit-Michael-Jackson ». Echevelée, allongée nue sur le ventre telle une réincarnation de Brigitte Bardot dans *Le mépris,* Jennifer m'avait à nouveau parlé de sa voyante.

- Tu sais ce qui lui arrive en ce moment ? Elle ressent des esprits puissants qu'elle n'arrive pas à identifier, qui veulent lui dire qu'ils sont venus, qu'ils sont là, elle en ressent des bons et des mauvais et elle est complètement perdue, je l'avais jamais vue comme ça, elle me dit que le seul mot qui lui vient à l'esprit pour définir ces esprits c'est que ce sont des dragons. Des dragons, tu imagines ?

J'imaginais complètement autre chose en observant Jennifer, mais comme je ne me sentais pas, personnellement, aussi invincible qu'un dragon, j'avais renoncé à pousser plus loin dans mes fantasmes et j'étais allé préparer le café. Jenn m'avait quitté peu après, en me remerciant pour l'accueil et en me disant que ce n'était pas la peine que je la rappelle pour le moment. C'est donc seul face à mon miroir, alors que j'étais en train de me raser, que j'encaissais le choc de la radio qui annonçait que *« lors du creusement d'une nouvelle ligne de métro à*

Londres, devant prolonger la Northern Line, les travaux ont été stoppés à Dancers Hill, au sud de la localité de Hatfield, suite à la découverte d'un oeuf préhistorique énorme semblant contenir une créature encore en gestation ».

Je décidai sur-le-champ de filer en Angleterre. Rien ne prouvait que je ne réussirais pas à lier la mafia à cette découverte et que mon éditeur n'aurait pas enfin un roman palpitant à livrer à ses clients...

Samedi 28 juillet 2012.
27ᵉ anniversaire de la mort de Michel Audiard.
« *- Faut reconnaître, c'est du brutal!*
- Vous avez raison c'est du curieux !
- J'ai connu une Polonaise qu'en prenait au petit déjeuner... faut quand même admettre, c'est plutôt une boisson d'homme !
- Tu sais pas ce qu'il me rappelle, cet espèce de drôlerie qu'on buvait dans une petite tôle de Biên Hoa pas très loin de Saigon... les volets rouges ... et la taulière, une blonde comac... comment qu'elle s'appelait déjà ?
- Lulu la Nantaise !
- T'as connu ?
- J'y trouve un goût de pomme
- Y en a ! »
Extrait des dialogues de Michel Audiard pour le film *Les tontons flingueurs*, de Georges Lautner (1963).

Londres était en pleine effervescence olympique. Les Jeux se déroulaient à l'est de la ville, dans un ancien quartier pourri réhabilité, Stratford, la crème de l'East End, mais même en plein centre tout n'était qu'olympisme, athlètes et retransmissions sur écrans géants. Je venais de débarquer de l'Eurostar à la gare Saint-Pancras quand une grande clameur s'éleva, qui semblait venir de toute la ville en même temps, bien au-delà du pub où j'avais élu domicile pour cette première soirée. J'avais pratiquement gardé les yeux dans ma bière depuis que j'étais là, il était peut-être temps de les lever vers l'écran qui dominait le coin de la salle où je m'étais installé. Un commentateur s'époumonait au grand bonheur de mes voisins et je compris qu'un certain Greg Rutherford venait d'être sacré champion olympique du saut en longueur. Le gars avait sauté 8m31, ce qui n'en faisait pas un génie de la spécialité, mais il avait fait ça là où il fallait et le jour où il le fallait pour « entrer dans l'histoire », comme aiment tant le seriner les commentateurs sportifs, comme si les compétitions sportives relevaient de la même essence que les mortelles batailles des trop nombreuses guerres qui ont nourri notre histoire humaine. Evidemment, le gars - un rouquin émacié avec un vague air de Hugh Grant - était anglais, ce qui renforçait encore son prestige pour les clients du Essex & Wessex Inn où je commandais ma troisième pinte. Pour contrebalancer le bonheur si londonien de mes voisins de pub, et juste histoire de marquer ma différence, je décidai d'ailleurs de boire une *stout* écossaise, une brune épaisse et tiède, doutant de trouver en ces lieux le Ricard ou le 51 qui m'auraient parlé du pays. Je n'en avais d'ailleurs pas besoin. J'avais quitté Marseille le matin avec un enthousiasme nouveau, comme si m'échapper de mon appartement relevait de l'exploit, comme si prendre un train et filer vers le nord était une libération attendue. Peut-être en était-ce une.

J'avais envoyé un SMS sibyllin à Jennifer pour lui demander de ne pas m'oublier tout de suite, mis trois polos et un jean de rechange dans un sac souple en cuir noir, vérifié dans la poche de ma veste que passeport, cartes de crédit et lunettes de soleil étaient bien présentes à l'appel et roule ma poule, de quoi un homme a-t-il besoin pour être heureux ? Finalement, le désir de voyage que je croyais oublié était là et bien là et il avait trouvé un motif pour s'exprimer.

Bien entendu, ma quatrième pinte fut fatale et je dus courir à l'extérieur pour soulager mes boyaux dans le caniveau de Camden Street, au grand bonheur de Jeremy, Don, Dahlia et Gerald, mes voisins de pub, dont j'avais dû faire la connaissance quelque part dans des brumes alcooliques et qui riaient de bon coeur en m'encourageant à dégobiller encore et encore. Tout ça s'acheva par une cinquième pinte, nécessaire selon eux à ma remise en état de marche. Je rentrai à l'hôtel accompagné de leur vivats et de leurs chants d'allégresse. La soirée olympique avait donné trois médailles d'or aux Britanniques et il y avait bien longtemps que je ne m'étais pas senti aussi bien dans ma peau. Cette nuit-là fut un havre de paix et de repos avant le déclenchement de la tempête.

Dimanche 29 juillet 2012.
Jour du décès de Chris Marker.
« - L'espèce humaine mérite peut-être d'être exterminée.
- Exterminer l'espèce humaine ? C'est une idée géniale, c'est génial. Mais c'est un projet à long terme, il faut d'abord se fixer des objectifs un peu moins éloignés. »
Extrait des dialogues de David et Janet Peoples pour le film *L'armée des douze singes*, de Terry Gilliam (1995), d'après *La jetée*, de Chris Marker (1962).

A 8 heures du mat je dessaoulais sous le jet d'une douche froide quand la radio me donna de nouvelles infos à propos de l'oeuf mystérieux de Dancers Hill. J'arrêtai l'eau aussitôt et, les cheveux trempés, recouvert d'une couche de savon liquide plus ou moins moussant qui me piquait les yeux, commençant à tressaillir tant de froid que du fait du scénario qui était en train de naître dans ma tête, je compris à peu près que l'oeuf était, selon les spécialistes du British Museum dépêchés sur place, un oeuf de dinosaure de type brontosaure, datant de la période tertiaire. Aucune révélation sous-jacente sur la possibilité que l'oeuf contienne une créature encore vivante. L'info entendue la veille avait été vite fait bien fait étouffée dans l'oeuf, si l'on peut dire. Rien de bien surprenant en fait, je n'aurais pas dû m'attendre à autre chose. Pour avoir été parfois curieux sur certains points ou pour avoir entendu parler de tels ou tels événements considérés comme nuls et non avenus, de l'existence du monstre du Loch Ness ou du Mokele Mbembe africain jusqu'à l'alien de Roswell, j'avais développé depuis longtemps ma théorie du complot personnelle, plutôt bienveillante, assez semblable à celle du film *Men In Black*, justifiant certains mystères scientifiques ou certaines non-informations par la nécessité globale de nous protéger, nous, pauvres frères humains. Mais puisque j'étais venu jusqu'ici, je me devais d'aller tenter de tirer au clair cette histoire d'oeuf, et le mieux pour l'instant était tout simplement de me rendre sur le site des travaux de la Northern Line où l'objet avait été découvert.

* * *

Malgré tous les chantiers de rénovation effectués à l'occasion des Jeux Olympiques, le métro londonien, ce bon vieux *tube*, accusait ses 149 ans d'existence avec quelques rides bien visibles, voire quelques crevasses qui ne l'embellissaient guère. Mais quel meilleur moyen pour me rendre sur les travaux du métro que le métro lui-même ? De la station de Camden Town à celle de High Barnet il me fallut une bonne demi-heure, via Kentish Town et Highgate notamment, que j'employai à échafauder des plans sur la comète. Primo, ma curieuse sensation récurrente de sentir des ombres furtives passer autour de moi, secundo, le non moins étrange sentiment de la chiromancienne mauricienne de Jennifer, qui parlait de dragons qui essaieraient de communiquer avec elle. Et tertio, cette information livrée puis occultée, selon laquelle on aurait retrouvé un oeuf archaïque énorme doté en son intérieur d'un « poussin » bien vivant. Mais le poussin de quoi ? D'un dinosaure ? Ou le poussin d'un dragon ? Un *dragounet* en quelque sorte. L'idée ne me fit pas rire du tout, même pas sourire. La mémoire des civilisations humaines est pleine de monstres volants et crachant le feu, dans toutes les contrées et sous toutes les latitudes, et il y a fort à parier que s'il en est ainsi c'est que les hommes de la Terre entière ont conservé inconsciemment le souvenir d'une époque où leurs ancêtres, nos ancêtres, ont été confrontés à de telles créatures. Non pas seulement des T-Rex carnassiers cavalant après leurs proies en hurlant et rugissant comme des lions sans crinières, mais des T-Rex volants et lançant des flammes, tout aussi carnassiers, et capables de semer la terreur et la désolation partout sur leur passage. Ne me faites pas dire ce que je n'ai pas dit. Je ne croyais pas à cette possibilité, et, à supposer qu'elle advint, j'avais une totale confiance dans les capacités de nos armées à mater des ennemis aussi archaïques. Mieux, même, cela permettrait pourquoi pas d'unifier les forces planétaires contre un ennemi commun. Qu'ils viennent donc voir de quel bois nous nous chauffions, nous, les humains. Sur un autre versant de ma pensée, ces êtres-là n'étaient pas loin de me terroriser. Non pas tant par leur force et leurs pouvoirs physiques « réels » que par les croisements incertains de la sémantique qui liaient le mot dragon à celui de *dracu*, Dracula, émanation diabolique qui me faisait littéralement froid dans le dos. J'en étais là de mes cogitations souterraines quand le métro stoppa au terminus de la Northern Line, me laissant sur le pavé de High Barnet, prêt à aller toucher du doigt « l'œuf de l'enfer », ou du moins l'emplacement où celui-ci avait été découvert. Je sortis donc de la station en longeant le chantier en cours, qui me mena directement, au bout d'une vingtaine de minutes de marche à pied, jusqu'à un attroupement de photographes et de reporters mêlés à des techniciens, des policiers et des officiels du London Transport. Ce que j'espérais de ce déplacement, je ne le savais pas trop, mais en furetant sur les marges de la saignée délimitées comme il se doit par des bandes de plastic jaune, je commençai à discuter avec une grande femme mince aux cheveux auburn qui se présenta à moi comme une journaliste spécialisée dans le paranormal. Elle était espagnole, devait frôler la quarantaine, elle avait un visage allongé et immobile qui ne manquait pourtant pas de charme et elle parlait français, espagnol ou anglais selon la personne qui l'interpellait ; mais surtout, elle semblait être la seule à trouver une logique dans cet événement mystérieux.

Je la vis prendre des notes dans un petit carnet noir portant l'effigie d'un dragon en couverture et je décidai de l'inviter à déjeuner dans un pub du quartier. Elle accepta sans difficultés et c'est ainsi que nous nous trouvâmes attablés au White Lion, un joli pub *so british* de High Barnet, devant une *shepherd's pie* un rien défraîchie.

* * *

Marta Ramirez, puisque tel était son nom, était sans conteste heureuse d'avoir un auditoire pour étaler ses théories. Des mises bout à bout de légendes diverses, mixées dans une sauce personnelle, un salmigondis que tout un chacun aurait jugé complètement fumeux, mais que j'écoutai avec un intérêt nouveau pour les dragons surgis de notre passé.
  – L'œuf qu'ils ont trouvé me dit-elle, ce n'est pas un œuf de dinosaure, c'est un œuf de dragon, et ce n'est pas le premier. Vous avez vu le film *Le règne du feu* ? C'est une sorte de *Mad Max* en plus réaliste qui se déroule en Angleterre. Il n'y a plus que des bandes armées retranchées, qui se battent contre des dragons. C'est complètement terrifiant, mais le point de départ du scénario ressemble exactement à ce qui se passe ici aujourd'hui : un dragon qui surgit d'un chantier du métro... Et le plus dingue, c'est que c'est la réalité : le film était déjà basé sur un fait divers qui

a été étouffé. Mais on a des documents pour prouver ce que je dis.

Je lui fis remarquer que s'il y avait des documents prouvant ce genre de chose la presse se serait jetée sur l'affaire à la vitesse grand V. Et puis, ajoutai-je, c'est qui ce « on » qui détiendrait des preuves ?

- C'est pas si simple, reprit Marta, imagine que tu es Premier ministre de ton pays, tes services de renseignement, ou de police, ou ton armée t'annoncent, preuves à l'appui, qu'ils sont tombés sur un nid de dragons. Des dragons, ces espèces de serpents ailés qui crachent le feu. Tu fais quoi ? Tu maintiens le secret le plus total possible. Tu ne veux pas affoler le peuple. Tu veux en savoir plus, tu temporises, tu envoies d'autres enquêteurs, des scientifiques, mais toujours en silence, discrètement. En fait tu ne peux pas y croire, donc tu te la fermes ; mais nous on y croit, parce que les preuves, on les a.

- Je vais me répéter, mais ce « on », c'est qui ce « on » ?

- La Direction of Realistic Anatomy for Ground Origin Natives, D.R.A.G.O.N., c'est un groupe de chercheurs en cryptozoologie, tous issus des meilleures universités, mais qui refusent de penser systématiquement à la manière dont le système voudrait qu'ils pensent. Des gens qui continuent à se poser des questions et qui essayent de donner des réponses logiques et non pas les réponses qui conviennent au bon fonctionnement de la machine globale.

Je ne pus m'empêcher d'émettre une sorte de sifflement, mi-admiratif mi-moqueur, que Marta ne releva pas, complètement obnubilée par sa démonstration. Elle poursuivait.

- On a des photos du monstre du Loch Ness, pas les images floues que tu peux trouver sur internet, de vraies images, nettes, précises, incontestables, on a photographié sur la côte californienne un curieux lézard marin ailé, pas très grand, l'envergure de ses ailes ne doit pas dépasser un mètre, mais c'est le seul qu'on ait capté en vol jusqu'à présent. On a une gravure du XIIIème siècle de la cour de Pierre III d'Aragon qui montre un dragon sortant d'un lac alors que le roi faisait l'ascension du Canigou, et des textes qui font référence à l'aventure qui lui est arrivée ce jour-là... Et au Japon, dans les monts Kitakami, on a aperçu une espèce de sauropode que l'on a comparé au *bigfoot*, mais qui fait plus penser à Godzilla quand on voit la photo, même si celle-là n'est pas très très nette. Tu as entendu parler de Godzilla ?

Oui, j'avais entendu parler de Godzilla. Un personnage de cinéma créé dans les années 50 par Tomoyuki Tanaka. A dire vrai, j'étais même assez fan. Assez pour savoir qu'il était censé être une sorte de grand lézard préhistorique réveillé par des essais nucléaires et qu'il avait un pouvoir de destruction assez colossal incluant une capacité très « dragonienne », même si lui n'avait pas d'ailes, à cracher le feu. Mais Godzilla, c'était de la science-fiction... ce que je fis remarquer à mon interlocutrice.

- C'est ce qu'on croit, me renvoya Marta. Si tu envisages une seconde que le scénario de départ soit basé sur une possibilité réelle, à savoir des créatures d'un autre âge « réveillées » par les développements monstrueusement dangereux de notre technologie, tu peux penser qu'il y a une logique. Et si tu accumules, comme nous le faisons, les faits et les documents, les témoignages, les photos, qui montrent qu'une telle réalité existe, tu commences à penser que cette réalité répond forcément à une nécessité. Peut-être celle de maintenir la terre en vie, malgré les assauts des humains...

- Donc, tu penses que les dragons existent, et qu'ils sont là pour nous sauver ?

- Non, pas pour nous sauver, pour sauver la Terre, leur planète, contre nous. C'est nous qui sommes les aliens, ou plutôt les monstres.

Repensant tout à coup à mon travail d'auteur, je me demandai bien comment je pourrais parvenir à lier la mafia à ces créatures, malgré la présence au « générique » de Pierre III, roi d'Aragon et de Sicile... J'en avais assez entendu, même trop, et, en petit soldat finalement bien formaté, je cessai de donner du crédit à ce que racontait Marta. Mais elle reprit de plus belle.

- Tu es écrivain, me dit-elle, tu pourrais écrire de beaux romans avec les éléments que je peux te donner, tu pourrais nous aider, en plaçant les dragons dans la réalité, on pourrait influencer les gens pour qu'ils commencent à y croire, à se poser de vraies questions.

N'ayant pas envie d'épiloguer sur mon travail - je ne sentais pas encore assez la trame de mon futur roman - je préférai questionner Marta sur ce qu'elle savait réellement de l'oeuf de Dancers Hill.

- Je suis arrivée hier soir, j'ai pu coincer les premiers journalistes qui sont arrivés sur place, j'ai discuté aussi avec les gens du British Museum mais je n'ai pas pu trouver les ouvriers qui ont découvert l'oeuf.

- Et ?

- Tout le monde se tait. J'ai vu Katherine Curtis, la journaliste qui a fait un flash qui parlait d'un oeuf vivant, sa version officielle est qu'elle a voulu faire une blague. Elle n'en démord pas, et un responsable de sa chaîne de télévision nous a foncé dessus pour que j'arrête de lui poser des questions. Pareil pour les gens du British Museum, c'est langue de bois et compagnie, impossible d'en tirer un gramme d'authenticité. C'est le black out. Pourtant, si elle a dit ça, et si ça a été repris hier soir, c'est qu'il y avait quelque chose.

- Et l'oeuf, il est passé où ?

- Dans les caves du British Museum si effectivement il n'y a rien. Dans un laboratoire ou pire, sur une base militaire à fin d'expériences, s'il y avait vraiment quelque chose.

- Une base genre Base 51 américaine.

- Oui, sauf que les Anglais sont bien pire que les Américains. Leurs secrets sont bien mieux gardés. Tu peux me croire.
- Et si je te croyais justement, tu me montrerais ces fameux documents ?
- Impossible, ils ne sont pas ici, tout est bien gardé dans la crypte de l'église Sainte-Marthe de Tarascon, en Provence.

Je regardai Marta et un sourire commença à s'élargir sur mon visage.
- Tu me fais marcher ?
- Comment ça ?
- Tu me dis que les secrets les mieux gardés sur la véritable existence des dragons sont à Tarascon ?
- Oui, pourquoi, tu connais ?
- Tu plaisantes, c'est à cinquante kilomètres de chez moi, la légende de la Tarasque et de la ville de Tarascon, c'est une des plus connues qui soient, là d'où je viens. Et il faut que je vienne à Londres sur un chantier de prolongement d'une ligne de métro pour qu'une Espagnole m'explique que je pouvais rester tranquillement à la maison, et que j'en aurais sûrement plus appris qu'en essayant de courser des pseudo-scientifiques britanniques.
- Des légendes comme celle-là, qui attestent de la présence d'animaux phénoménaux en Europe dans les siècles qui nous précèdent, il y en a beaucoup en vérité... Il y a des Tarasques à Madrid, à Grenade, à Valence, à Barcelone, à Tolède, il y la légende de la Gargouille à Rouen, du Graoully à Metz, du Drac à

Villafranca, en Navarre, il y a l'hydre de l'Orne, dans les environs d'Argentan, le dragon du Pile, à Roubaix, le dragon de Mézières, qui dévorait les enfants, je vais pas te faire toute la liste...

Marta glissa une carte de visite sur la table.

- Tiens, ce sont les coordonnées de Ruggero Confà. Il est chercheur au CNRS à Avignon. Appelle-le de ma part, il gardera des secrets mais il te dira beaucoup si tu sais le questionner.

Marta se leva.

- Maintenant je vais voir ce chantier de plus près dit-elle. Et pour le moment j'y vais seule.

* * *

Je la laissai filer. J'en savais assez pour le moment. Et j'avais vu trop d'ombres tourner autour du lieu de la découverte pour me sentir à l'aise. A dire vrai même le pub commençait à me foutre les jetons, et si je n'avais pas tenu à la main la carte de visite de Ruggero Confà, expert en cryptozoologie, j'aurais même fini par douter de l'existence réelle de Marta Ramirez.

Je me levai à mon tour, allais évacuer aux toilettes le trop plein de bière absorbé en écoutant l'Espagnole, j'avais il est vrai un faible pour les bières anglaises, puis j'allais régler ma note au comptoir. En sortant du pub je jetai un regard noir sur l'horizon londonien. La ville recelait d'un certain nombre de rappels à la mythologie des dragons, comme cette statue posée sur Fleet Street marquant la limite de la City. Quoi de plus normal que ce soit ici qu'une des ces bêtes se réveille... Si tel était bien le cas. Je haussai les épaules avec un certain dédain, dans je quoi je m'étais embarqué ? Bon sang, ridicule... Puis, comme un taxi était en maraude je le hélai. Une visite s'imposait quand même : au British Museum.

Dimanche 26 août 2012.
32ᵉ anniversaire de la mort de Tex Avery. Le matin.
« *You know what ? I'm happy.* »
Droopy, personnage récurrent de Tex Avery de 1943 à 1955.

Dans la chaleur étouffante du mois d'août j'avais regagné Marseille en évitant soigneusement d'appeler Jennifer et de là j'étais vite reparti, jouer aux ermites dans un petit village cévenol où je conservais une maison de famille, quelque part entre Alès et la Lozère.

J'en avais eu ma dose de ces histoires de dragons, de bigfoots et de serpents volants, il fallait que je bosse.

Ma visite au British Museum n'avait fait que me conforter dans l'idée que, même s'il s'était passé quelque chose de réellement phénoménal à Dancers Hill, on ne l'apprendrait jamais. Jamais officiellement en tous les cas. J'avais donc abandonné l'idée de me servir des dragons et des ombres pour étayer mon roman. Mieux valait rester sur du concret. La mafia, ça c'était du solide, du Mal véritable et vénéneux mais bien réel, des coups de feu, des coups de sang, de l'intimidation, pas des contes à dormir debout pour grands enfants en mal de sensations. Il y avait bien à quelques kilomètres de mon patelin la légende la Bête du Gévaudan, mais là encore, on n'était pas dans le fantasme crypto-zoologique, l'animal était un loup ou un fauve africain gardé sous silence par les autorités de l'époque. Bref, j'étais tranquille, c'est pas là-bas que j'allais me faire rattraper par les élucubrations d'une Marta Ramirez ni celles d'une chiromancienne mauricienne. Je plongeai dans l'écriture. Un truc gentiment tordu à propos d'un évêque mafieux qui mettait de l'ordre dans sa *famiglia* en profitant des retraites religieuses organisées par sa paroisse. L'évêque avait un frère, militaire, pour qui la mafia était une vue de l'esprit, une invention américaine, qui préférait nier l'évidence jusqu'à ce qu'il demande lui-même à *suo fratello* de lui organiser une retraite avant son départ pour l'Afghanistan dans les troupes italiennes participant à la coalition occidentale. Pas de chance. Un abîme de certitudes enfantines allait s'ouvrir sous ses pieds et la lutte fratricide finirait mal. Je n'avais pas encore décidé lequel des deux frères j'allais sacrifier, lequel serait finalement le héros, le rédempteur. Un mafieux bénéficiant si ce n'est d'un retour de foi, du moins d'un retour d'humanité, ou un militaire découvrant que l'horreur à laquelle il participait était encore plus grande que celles perpétrées par son voyou de frère ecclésiastique ? Les deux étaient des salauds et c'est bien ça qui ferait l'intérêt de l'ouvrage. Qui sait si je n'y glisserais pas quand même une Jennifer un peu sorcière, un peu *strega*, parmi les personnages secondaires...

**Dimanche 26 août 2012.
217ᵉ anniversaire du décès de Cagliostro. A midi.**

*Un dragon je viens de voir un dragon vous me croyez pas hein !
(...)
Existe-t-il ? Le reptile vit dans les airs.
Cela demeure un mystère
Pour les esprits terre-à-terre.
Puis il réintègre son antre de cristal
Sur la fin du sommeil paradoxal.
Tout est prouvé, les combats qu'il a menés
La nuit durant qu'il a vaillamment remportés.
Aucun sourire avant de mourir
Pour l'animal qui n'a plus nulle part où courir
Car le dragon sommeille
En l'esprit qui est sa demeure.
Le dragon le dragon...*
IAM – « Le dragon sommeille » (1993).

On était dimanche. Je laissai le Vito garé à l'ombre sous le grand cerisier et décidai d'aller tranquillement à pied jusqu'au bistrot boire un café en terrasse et lire le journal. Cela faisait presque dix jours que je n'avais pas mis le nez plus loin que le fond de mon jardin. Il était temps de me tenir un peu au fait des nouvelles du monde. Au café, les clients avaient tous l'air de faire la gueule. Pas de partie de pétanque en cours, et le pastis se savourait à petites doses, comme si chacun le buvait à regret. Et en silence. Un sentiment bizarre s'empara de moi. Comme une main de fer qui tenterait de broyer ma cage thoracique. Je me retournai et vis - presque distinctement - une créature en noir et blanc qui me regardait depuis une venelle menant vers la colline, de l'autre côté de la large baie vitrée du bar. Trop d'isolement m'avait rendu nerveux. Je secouai la tête et regardai à nouveau. La bestiole avait disparu. Je scrutai les gens attablés ou accoudés au comptoir. Personne ne semblait l'avoir vue. Je haussai les épaules et m'approchai du patron, qui n'était autre que mon cousin Fabien, à qui je fis la bise.

- C'est gentil de passer, maugréa-t-il en guise d'accueil, il me semblait bien avoir vu ton camion, mais la maison était tellement silencieuse que personne a pensé à vérifier si tu étais là...

- Je suis resté perché au dernier étage, j'ai un roman à finir, j'ai pas mis le nez dehors.

- On dirait que tu es pas au courant des nouvelles alors...

- Non, pourquoi, qu'est-ce qui se passe, Fab ? Tout le monde a l'air d'avoir avalé son extrait de naissance.

- Tu es un marrant toi, faudrait sortir de tes livres de temps en temps...

- Pourquoi, que s'est-il passé de si important ? Qu'est-ce que je devrais savoir ?

- Tu as entendu parler du Drac, de la Tarasque, du Coulobre ?
- ...
- Des dragons, quoi !
- Les dragons ?
- Mais à quoi tu jouais ? La télé, internet, tu as pas tout ça dans ta baraque ? Oui, les dragons. Dans le monde entier, on en a vu dans le monde entier, des créatures volantes, genre serpent avec des ailes, en Amérique, en Chine, en Russie, en France, on ne sait pas d'où ça sort, ou personne ne veut le dire officiellement, mais tout le monde leur a donné un nom : les dragons.
- Les dragons !
- Oui, les dragons. Je te dis pas le contraire, dit comme ça, ça pourrait avoir l'air d'un jeu pour les gamins. Mais je te promets que c'est pas des blagues. On n'en a pas vu encore ici, mais ça veut pas dire qu'on va pas en voir bientôt, ça se multiplie dans le monde entier... Une sacrée chasse, oui... Les gens d'ici et de la région ont organisé une battue sur la terre de la Bête du Gévaudan, une battue géante, ils sont plusieurs milliers en ce moment dans les forêts autour de Marvejols, avec même deux avions privés et l'armée prête à intervenir au cas où, des fois que ce soit un dragon aussi, la vieille bête des légendes.

Je regardais Fabien sans y croire. Il enfonça le clou de sa démonstration.

- L'armée, justement, ils ont mis au point un quadrillage permanent par des avions-radars

accompagnés de chasseurs pour en déquiller en plein vol, s'ils arrivent à en dénicher.
- Tu es en train de me parler d'une guerre, là.
- Oui, m'sieur, c'est bien à ça que ça va pas tarder à ressembler. Sans te parler des petits malins qui se mettent en tête de profiter du bordel.
Il fit une pause.
- Enfin, ce que je t'en dis, c'est pas vraiment officiel-officiel ; à la télé et dans les journaux tu entendras parler d'E.V.N.I., « êtres vivants non identifiés » dont quatre auraient été officiellement dénombrés en France, localisés, et mis sous surveillance militaire permanente. Pour le reste, j'ai un très bon ami qui est capitaine au 2ème R.E.I. à Nîmes, à la Légion si tu préfères. Je t'assure que depuis une semaine ça chôme pas. Détection des dragons, missions de surveillance, ils en auraient éliminé deux et capturé un qui aurait été emmené dans une base secrète sur une île française dans l'hémisphère sud...
J'avais écouté les explications du barman de la famille avec une attention de plus en plus stupéfaite. Il me regarda en me faisant un geste de la main, genre « ho, ho, réveille-toi »... J'étais littéralement pétrifié. Je pensais à mes prémonitions diffuses, à l'oeuf de Dancers Hill, à Marta, à son groupuscule de scientifiques qui avaient compris avant tout le monde que quelque chose était en train de se passer. Il fallait que je l'appelle. Bon sang. Je tapai du poing sur le zinc et apostrophai le cousin Fab.

- Sers-mois un café, bien bien serré, s'il te plaît.
Puis je sortis le téléphone portable de ma poche.

Lundi 27 août 2012.
37ᵉ anniversaire de la mort d'Haïlé Sélassié, roi des rois, Négus d'Ethiopie.
« *Check out the real situation*
Nation war against nation
Where did it all begin, when will it end
Well it seems like the total destruction
The only solution »
Bob Marley – "Real Situation" (1980).

Au revoir la campagne. Le lendemain, au petit matin, j'avais repris mes cliques et mes claques, récupéré le flingue de mon paternel qui restait habituellement à la maison du village, et arrimé tout ça dans le Vito, le 9mm (un CZ75 Parabellum) à portée de main, pour son côté rassurant même si je doutais de sa capacité à freiner une attaque de dragon. Sur la route, une circulation minimum, quelques camions, peu de particuliers, et je croisai à plusieurs reprises des véhicules militaires, quelques blindés légers semblant postés en surveillance aux entrées des villes. Dans ces conditions je m'autorisais à outrepasser les limitations de vitesse et je conduisis les yeux aux ciel, scrutant l'horizon en quête d'un dragon perdu. Dans la platitude rectiligne de la plaine de la Crau, je me fis l'impression d'être une cible parfaite pour un démon surgissant de l'azur, aussi j'écrasai l'accélérateur et le Vito m'offrit un bon 180 qu'il n'avait pas atteint depuis bien longtemps. J'arrivai à Marseille sain et sauf, me calfeutrai dans mon appart sans balcon (une aubaine, voilà qui allait lui redonner une valeur immobilière) et songeai à ce que m'avait raconté Marta lorsque je l'avais appelée. L'oeuf de Dancers Hills avait bien été amené dans un premier temps, comme elle l'envisageait, au British Museum. De là il avait été transféré au musée de Croydon, dans la banlieue sud de Londres, qui possédait une collection spécifique d'objets liés à la dragonologie en Grande-Bretagne et à travers le monde. Non sans humour, les Anglais avaient donc autorisé cet oeuf à rejoindre sa « famille ». En fait, la Croydon Clocktower, vieux bâtiment dans lequel était installé le musée, possédait une aile importante, Braithwaite Hall, et une tour dominant la ville. Dans les sous-sols de la tour étaient disposées d'une part les réserves du musée et d'autre part un laboratoire scientifique dédié aux bizarreries de la nature, désigné sous l'acronyme humoristique de L.O.L., pour Laboratory for Odd Life. Dirigé par le professeur Anna Kennedy, ce laboratoire était un des affidés du D.R.A.G.O.N., raison pour laquelle Marta était parfaitement informée de ce qui s'y tramait. Or, si la presse britannique avait parlé d'un incendie ayant détruit la partie supérieure de la Croydon Clocktower la vérité était que lors de sa seconde nuit passée au L.O.L., dûment enfermé dans une caisse cerclée de fer et déposée sous scellés dans un réfrigérateur blindé dans une des caves du sous-sol, le poussin avait cassé sa coquille, puis sa caisse, puis son frigo, avant de sortir d'un pas malhabile du confinement dans lequel il était gardé, pensait-on sous étroite surveillance. Pas assez puisque l'animal, qui pesait bien déjà ses trente kilos avec une envergure de plus de deux mètres les ailes déployées, réussit à grimper les marches menant à la salle principale de la Clocktower, non sans avoir au passage brûlé au second degré le gardien de nuit définitivement traumatisé par ce qu'il avait vécu. Grimpant toujours plus haut et se mettant à cracher des flammes, le juvénile dragon avait tout fracassé sur son passage, généré un incendie qui s'était propagé aux étages supérieurs de la tour et il avait pris son envol en faisant sonner les cloches d'un battement d'ailes virulent, sur le coup des 3 heures du matin. Pour dire la vérité de manière complète, le gardien avait eu le temps de prévenir Anna Kennedy qui alerta aussitôt le contact militaire qu'on lui avait donné, le major Kenneth C. Paolini, ce qui permit à la Royal Air Force de lancer à ses trousses deux Tornadoes GR4 qui l'abattirent sans sommation au-dessus de la lande à quelques encablures au nord de Stonehenge. Marta me rapporta plusieurs événements du même type et me demanda si j'étais prêt maintenant à rencontrer Ruggero Confà, elle me dit qu'il était absolument nécessaire qu'un observateur possédant mon profil soit en situation de rédiger au jour le jour le récit des événements qui ne manqueraient pas de se produire, qu'il ne fallait pas pour cela des vidéos et des caméras numériques, mais de l'encre et du papier, car si l'espèce humaine était réellement menacée, ce dont elle était totalement convaincue, il fallait laisser un témoignage qui puisse résister à l'usure du temps. Le mieux, me dit-elle, serait de le graver dans la pierre, et on va essayer de trouver les gens qu'il faut pour ça, mais avant il nous faut un rédacteur, qui rédige sur du papier solide, avec de l'encre de qualité, afin que nous puissions - lorsque cela s'avérera nécessaire - protéger ce récit et le mettre à l'abri pour les hypothétiques générations futures. Face à sa détermination je lui promis de prendre contact avec Confà et de réfléchir à cette invraisemblable proposition de devenir l'ultime témoin de la destruction de notre monde...

Mardi 28 août 2012.
1582ᵉ anniversaire de la mort de Saint-Augustin. Le matin.

« Des témoins affirment avoir vu une sirène au large de Kiryat-Yam (Israël).

La municipalité de Kiryat-Yam, près de Haïfa, prétend que plusieurs dizaines de personnes au cours des derniers mois affirment avoir aperçu une sirène dans la mer. "Beaucoup de gens disent qu'ils sont sûrs d'avoir vu une sirène et ces personnes n'ont apparemment aucun lien entre elles. Les témoins parlent d'un grand poisson avec un visage féminin", rapporte un employé de la mairie. Les autorités municipales de la petite ville israélienne de Kiryat-Yam ont annoncé un prix d'un million de dollars à toute personne qui peut prouver l'existence d'une sirène dans ses eaux. Il n'est pas nécessaire de la capturer, une photo suffirait. »

Journal *Le Méditerranéen* du jour.

En d'autres temps j'aurais franchement rigolé. Une sirène..! J'aurais peut-être même rajouté « et pourquoi pas un dragon tant qu'on y est ? ». Le hic c'est que, justement, on y était. L'existence des dragons était désormais avérée. Alors pourquoi pas celle des sirènes. Et après ça, les géants, les ogres, les fées, les trolls, Cerbère le chien à trois têtes, l'Hydre de Lerne, avec ses tentacules et ses sept têtes (qui dit mieux ?), le phacomochère et le loup-garou, le sargail, la licorne, Godzilla et King Ghidorah (tiens, trois têtes lui-aussi). Où s'arrêterait-on ? Tout ça était si invraisemblable que je ne parvenais pas à me faire à l'idée que les dragons étaient entrés dans la réalité de notre époque, qu'on en avait vus, enregistrés, filmés, et même abattu au moins un, dans le ciel britannique. Aux dernières nouvelles d'ailleurs les Chinois n'étaient pas en reste, le black out était total mais Marta avait aussi des correspondants en Chine qui lui avaient rapporté qu'un monstre volant était sorti du Yangtse Kiang, à quelques dizaines de kilomètres à l'est de la ville de Chongqing, au niveau des gorges dites de la « Porte du Dragon ». Là encore l'aviation chinoise avait pu pister l'evni et le maîtriser. Chaque jour apportait son nouveau lot d'apparitions dragonesques.

* * *

Je ne savais pas si je souhaitais devenir le témoin que Marta voulait faire de moi mais je décidai d'appeler son ami, Ruggero Confà, pour tenter d'avoir une opinion scientifique digne de ce nom. Au niveau des autorités, on naviguait dans le flou le plus total, entre le désir de minimiser, voire de nier, les apparitions de dragons et celui de protéger les populations face à un danger que l'on savait désormais palpable et réel. Aussi la circulation n'était-elle pas pour l'instant entravée, seulement voyait-on davantage de militaires postés ici et là aux entrées et sorties des villes, sur les points hauts des territoires, autour des édifices stratégiques. Cela commençait à rendre la population nerveuse, mais les méfaits des dragons restaient pour tout un chacun davantage de l'ordre de l'anecdotique que du réellement dangereux. Aussi, malgré les frayeurs que je m'étais faites en roulant sur la plaine de la Crau, lorsque Ruggero Confà me demanda de faire le trajet jusqu'à Avignon, une centaine de kilomètres, je décidai de répondre positivement à sa requête. Le CZ bien calé dans mon dos, je me mis au volant du Vito et m'engageai sur l'autoroute. Le temps était au beau fixe, le ciel d'un bleu clair semblant immuable, je roulais à bonne allure, au maximum de la vitesse autorisée. La circulation était fluide mais presque normale. J'étais au niveau d'Orgon, à peu près à mi-chemin de mon parcours, sur ma droite la Durance n'était qu'un ruisseau qui serpentait entre les galets de son large lit. Je venais d'arrêter la radio, encore de la musique insipide et minable pour crétins décervelés, quand j'entendis une sorte de piaillement monumental. La grosse berline que je m'apprêtais à dépasser fit une embardée qui manqua de peu nous envoyer elle et moi dans le rail de sécurité. Dans la même fraction de seconde je ralentis le Vito en laissant filer la berline, me rabattis sur la voie d'arrêt d'urgence, tâtai mon flingue et levai les yeux vers le ciel... Ouch ! Un vrai coup de massue pour ma conscience. Un animal sombre et massif doté d'ailes dont l'envergure devait bien faire quatre mètres volait vers moi en rase-mottes en crachotant des flammèches. J'accélérai brutalement en fonçant droit sur lui, je vis qu'une flamme beaucoup plus puissante était en train de sortir de sa gueule mais avant qu'elle ne m'atteigne il avait brusquement rectifié sa trajectoire vers le haut, évitant le choc avec le Vito. Je sentis une onde de chaleur intense mais je continuai à rouler, le pied appuyé au maximum, totalement à fond, sur la pédale de l'accélérateur. Dans le rétroviseur je vis le dragon remonter vers le ciel et disparaître vers l'est, vers les sommets du Luberon. Sur l'autoroute tout semblait normal, je roulai comme une fusée en dépassant tous les véhicules, la radio ne donnait aucune info concernant l'apparition d'un dragon au niveau de la ville d'Orgon. Mystère. En arrivant à Avignon toutefois, je croisai deux Mirage 2000 volant à basse altitude qui venaient probablement de la base militaire 115 d'Orange, sans aucun doute à la poursuite de mon dragon. Je n'avais donc pas rêvé...

**Mardi 28 août 2012.
25ᵉ anniversaire de la mort de John Huston.
L'après-midi.**
« *As on and on from stone to stone
The monsters come and go
And every one the step we follow back again
Oh they can run
They can hide
But we will hunt
And we will find them
They can crawl
And then they die
Until our work is done.* »
The Cure – "The Dragon Hunters Song" (2004).

Ruggero Confà était une espèce de colosse conservant une trace d'accent italien. Le sourire enjoué, le visage presque glabre, il affichait une bonne cinquantaine d'années et un quintal de muscles harmonieusement répartis. A l'opposé de l'image de rat de bibliothèque que je m'étais forgée de lui après que Marta m'en eut parlé. C'est bien cependant dans une immense bibliothèque qu'il me reçut, installée dans une cave aux hautes voûtes en sous-sol des bâtiments du CNRS avignonnais qui occupait un ancien hôtel particulier bâti sur les ruines d'un monastère du dixième siècle. Un lieu propice à suggérer l'effroi et la magie, où une pensée mystique pouvait croître et prospérer sur le terreau d'un passé dont on ne connaît jamais les réelles circonvolutions. Ruggero Confà lui, lisait dans ce passé des complexités crypto-zoologiques peu rassurantes. Il n'était pas un mystique, il n'attribuait pas aux dragons des pouvoirs méphistophéliques, pour lui ils étaient simplement des animaux comme les autres, dotés d'une singularité qui expliquait cette soudaine résurgence : la longévité de leurs oeufs une fois enterrés dans de bonnes conditions de climat et d'aérobie.

- Les hommes ont croisé des dragons tout au long de leur histoire. Ils ont transformé ces rencontres en légendes, en mythes, en récits fantastiques, mais, si on les étudie de plus près, on peut attester certaines de ces rencontres.

Confà se levait, prenait des livres sur les étagères, les déposait sur la table autour de laquelle nous nous étions installés. Il parlait naturellement fort et il avait le tutoiement facile. A dire vrai il possédait tous les attributs pour fasciner son auditoire. Je ne pouvais rien faire d'autre que de l'écouter, conquis par ses démonstrations et ses réquisitoires.

- Tu sais, en Provence, vous avez tous les exemples que vous voulez. Tiens, que signifie d'après toi le nom de la ville de Draguignan ? Au Moyen Âge, son appellation était plus proche du latin, elle se dénommait Dracoenum, à d'autres époques on l'a appelée Dracontia, et même Draconia. Pourquoi ? Tout simplement parce qu'elle a été bâtie au voisinage de marécages qui étaient l'habitat naturel d'un dragon, et pendant une période celui-ci a tenté de récupérer son territoire en harcelant les habitants de la ville jusqu'à ce qu'il soit vaincu, abattu serait un mot plus exact, par une troupe d'hommes courageux dirigés par un nommé Hermentaire, qui était alors évêque d'Antibes, aux alentours de 450, et qui a été canonisé ensuite. Maintenant, quant à être absolument sûr qu'on parle là d'un dragon, c'est délicat. On pourrait aussi penser à un lion, généralement ils n'habitent pas les marécages mais on a le contre-exemple des lions de l'Okavango, au Botswana. Hermentaire était peut-être un petit malin qui en a profité pour faire croire qu'il avait vaincu une créature maléfique. Mais il y en a d'autres, et l'église catholique a récupéré à son compte la plupart de ceux qui les ont terrassés. Saint-Véran par exemple. Celui-là, il aurait éliminé le Coulobre de Fontaine de Vaucluse, à quelques kilomètres d'ici. Pas un lion cette fois, c'est certain, puisque les descriptions et les témoignages parlent d'un reptile géant. L'histoire est embrouillée, ce Véran, devenu Saint-Véran du jour où il a vaincu ce dragon aquatique, vivait au sixième siècle, il était de Cavaillon, mais il a donné son nom à un village alpin tout en étant aussi signalé comme étant de Mende d'un côté et de Vence de l'autre. L'animal qu'il a éliminé lui, fait penser à Nessie, le monstre du Loch Ness. Tu me parlais de sirène, tout à l'heure en arrivant, il n'est pas impossible qu'on en ait eu une à

Rousset, un petit village non loin d'Aix-en-Provence, en bordure de l'Arc. Si ce n'est qu'on peut difficilement porter crédit à la légende qui voudrait qu'elle ait épousé un chevalier. Une autre légende intrigante est celle de la « mandragoule », à Joucas, dans le Vaucluse ; cette fois c'est dans le château qu'aurait vécu un animal étrange, une sorte de salamandre géante. Avoue que ça commence à faire. Je ne te parle même pas de la Tarasque vaincue à Tarascon par Sainte-Marthe. Celle-là était la soeur de Lazare et de Marie-Madeleine, elle a soigné Jesus avant de débarquer en Provence, on est donc au tout début de notre ère, et l'animal qu'elle a vaincu vivait semble-t-il dans des marais. Tiens, lis ça.

Il me fit glisser un livre à la reliure ouvragée, visiblement vieux de plusieurs siècles, *La légende dorée*, de Jacques de Voragine. Je lus à haute voix le passage qu'il m'indiquait :

- « Il y avait, à cette époque, sur les rives du Rhône, dans un marais entre Arles et Avignon, un dragon, moitié animal, moitié poisson, plus épais qu'un boeuf, plus long qu'un cheval, avec des dents semblables à des épées et grosses comme des cornes; il se cachait dans le fleuve d'où il ôtait la vie à tous les passants et submergeait les navires. »

- C'est ça, en fait on a affaire soit à des animaux amphibies, type monstre du Loch Ness, Tarasque, Coulobre, soit à des animaux vivant sur des hauteurs et tentant parfois d'investir des bâtiments. Ainsi Arles fut-elle hantée par des dragons bien plus tard, au douzième siècle, ainsi Marseille a aussi son chasseur de dragons, Victor, qui en terrassa un qui vivait dans une calanque et qui devint Saint-Victor, donnant son nom à une des plus vieilles et des plus imposantes abbayes de France, aujourd'hui en plein centre de la ville. Ne t'étonnes pas si un de ces jours quelques dragons sortent de là et se répandent au coeur de Marseille en dévastant tout sur leur passage!

Ruggero partit d'un rire tonitruant. J'essayai de réfléchir un peu. Il y a avait donc partout en Provence des traces de dragons. J'en avais vu un moi-même, pas plus tard que cet après-midi. Les légendes étaient-elles donc toutes des expressions déformées d'une réalité complexe que notre civilisation avait réprimée ? Ruggero jeta sur moi un oeil inquisiteur et reprit posément.

- Sache que tout ce que je t'ai dit à propos de la Provence tu pourrais le retrouver presque à l'identique dans tous les pays du monde. Au départ il y a le mot grec *drakhon*. Il se décline en *draco* en latin, *drachen* en allemand, *drake* en anglais, *dracul* en roumain (le fameux Dracula), *drach* en catalan et en occitan, *draak* en néerlandais. Partout où des villes, rivières, des montagnes, des villages, des personnages, ont une étymologie qui comporte cette racine, tu peux être certain qu'il y a quelque part une légende qui parle d'un dragon. Et il y en a trop, trop similaires, comme un modèle répété et re-répété, pour qu'il n'y ait pas une vérité cachée derrière. Une vérité toute simple : les dragons ont existé. Et les revoilà !

Mardi 11 septembre 2012.
11ᵉ anniversaire de l'attentat des Twin Towers de New York.
« Hell's brewin', dark sun's on the rise
This storm'll blow through by and by
House is on fire, viper's in the grass
A little revenge and this too shall pass. »
Bruce Springsteen – "Lonesome Day" (2002).

Durant la fin du mois de juillet et tout au long du mois d'août les apparitions de dragons se firent de plus en plus nombreuses. On en avait observés sur l'ensemble du territoire français, et, au-delà, à peu près partout en Europe, avec une double prédilection d'une part pour les berges des rivières et les zones marécageuses et d'autre part pour les hauteurs. Curieusement ces dragons d'altitude ne semblaient pas avoir d'ailes, ou bien des ailes atrophiées. On n'en avait repérés que très peu capables de tournoyer au-dessus des cimes, et encore ces rares observations n'avaient eu lieu que dans des zones montagneuses lacustres. La situation semblait à peu près similaire en Asie orientale. On en avait beaucoup observés également en Afrique du nord et en Afrique de l'ouest. A Bornéo, un dragon impressionnant fut rapproché du mythe local de Kinabalu, tandis qu'à Haïti on en aperçut à plusieurs reprises, faisant resurgir le culte vaudou de Aido Hwedo. Le Conseil de Sécurité de l'Onu avait pour une fois obtenu l'unanimité pour créer une brigade internationale d'intervention dénommée I.B.U.C.C. (International Brigade for Unidentified Creatures Control). Ses membres portant des uniformes noirs et de grosses lunettes sombres censés les protéger contre le feu des dragons furent vite appelés les *Men In Black* par toute la population de la Terre. En un mois les Men In Black étaient partout, contrôlant l'ensemble des points névralgiques de la planète, et même les pays de l'arc musulman s'étaient résolus à oublier toute forme de djihad et à se mettre sous la protection de l'Ibucc. De toutes les nations du monde, une seule en fait avait refusé à l'Ibucc le droit d'installer une base ou des hommes sur son territoire : la petite principauté himalayenne du Bhoutan dont le drapeau, arborant lui-même un dragon, dénommé Druk, le dragon du tonnerre de la mythologie bhoutanaise, était censé protéger le pays contre les assauts brûlants de la nouvelle menace universelle. Les dragons jusqu'à présent, peut-être inquiets du déploiement de forces à leur encontre, en étaient restés à des survols et des apparitions brutales, aucun n'avait semble-t-il perpétré d'acte « officiellement » belliqueux. Les Men In Black en revanche avaient réussi à aller en déloger quelques-uns dans les marais immenses de Polystovo-Lovatskay, dans la région de Novgorod en Russie, et tout un nid avait été décimé par des Marines américains dans les Everglades, à une vingtaine de kilomètres de la ville de Miami, en

Floride. Un fait unique en Amérique du nord, où l'on avait relevé en revanche des apparitions de plus en plus nombreuses de créatures géantes dans les Montagnes Rocheuses, des *bigfoots* dont la morphologie semblait se situer quelque part entre King Kong et Godzilla, avec le torse puissant de l'un et les écailles griffues de l'autre. Tout ce cirque était à la fois démentiel et contradictoire. Qu'attendaient donc les dragons et leurs congénères terrestres pour donner l'assaut ? Après tout, si le camarade Confà avait vu juste - et jusqu'à présent lui et son groupe de chercheurs fous semblaient bien ne pas s'être trompés - les « evnis » étaient là pour nous donner une leçon, eux qui, comme le racontaient de nombreuses légendes dans tellement de cultures différentes à travers la planète, étaient les réels possesseurs de cette Terre... Or, d'une certaine manière, rien ne se passait. Si des dragons avaient été tués, aucune bête n'avait été exposée à la vindicte populaire afin que les humains puissent exorciser leur peur, et, surtout, aucun dragon n'avait pour l'instant tué un homme. Etions-nous si bien protégés que ça par les Men In Black, et l'attaque que j'avais essuyée sur l'autoroute, entre Marseille et Avignon, était-elle une expérience isolée non reproductible ?

Pour ma part j'en avais pris mon parti, laissant à l'Onu, à l'Ibucc et aux gouvernements le soin de gérer la gent ailée et cracheuse de feu. J'étais entouré d'ombres de plus en plus prégnantes qui semblaient parfois me frôler et je ne devais ma survie mentale qu'à l'alcool qui me permettait de les tenir à l'écart. Mon roman était terminé et je l'avais adressé à mon éditeur, mais plus personne n'en avait rien à faire d'une histoire de mafia et des sentiments ambivalents d'un militaire et de son frère face à leur culpabilité ou non-culpabilité morale. Je m'en tamponnais moi-même comme les autres, vivant au jour le jour ce qui ressemblait quand même particulièrement bien à une fin du monde, comme l'avaient prédit les Mayas, ou tout au moins à une possible fin des humains. L'économie mondiale partait en breloque encore un peu plus, les bourses avaient chuté, les paysans avaient peur d'aller aux champs, les villes regorgeaient d'une nouvelle population querelleuse et affamée, des sectes se créaient un peu partout vouant un culte au dieu Dragon, Draco, Dracul, et la société dans son ensemble était mise en coupe réglée par des institutions à la solde des grandes multinationales encore en vie, regroupées au sein d'un consortium de plus en plus totalitaire visant à domestiquer, « gérer » et gouverner l'ensemble de la planète. Un vrai film de science-fiction façon *New York 1997* ou *Demolition Man*. Les dragons, si tant est qu'ils ne fussent pas la propre invention de cette oligarchie du fric, comme l'avait peut-être été Al-Qaeda douze ans plus tôt, étaient devenus en moins de six semaines le prétexte parfait pour faire basculer la Terre entière dans un obscurantisme à la fois technologique et mystique qui n'allait pas tarder à tout balayer sur son

passage, pour le plus grand bonheur de quelques milliers d'ultra-privilégiés.
C'est alors que survint l'attaque de New York.

* * *

Hasard, intelligence ou manipulation, quatre dragons, en tous points conformes aux descriptions des légendes, surgirent au coeur de Ground Zero, à New York, le jour de l'anniversaire de l'attentat des Tours Jumelles, alors que le président des Etats-Unis, Barack H. Obama, le maire de New York, Michael R. Bloomberg et diverses personnalités, états-uniennes et étrangères, étaient en route pour rejoindre les lieux pour les traditionnelles cérémonies commémoratives. Les Men In Black sécurisaient le secteur, secondés par la police et les pompiers de New York, ainsi que les hélicoptères de la 10ème Division de Montagne d'Infanterie Légère de Fort Drum. Tout semblait se dérouler sans anicroche jusqu'à ce qu'un des pompiers présents sur place ne signale un tremblement léger dans la partie du sud-est du périmètre, près de la station de Cortland Street. Etait-ce le passage d'un métro ? Un effondrement en sous-sol ? Le colonel Kadri Kassir, un Suisse d'origine syrienne à la tête des Men In Black, envoya sur-le-champ un détachement de cinq hommes afin d'inspecter le sous-sol dans la zone déterminée. Ils n'eurent pas le temps d'atteindre le second niveau sous la dalle de Ground Zero que l'ensemble du périmètre ressentit à son tour les tremblements qu'avait signalés le pompier, mais de manière beaucoup plus violente. Quelques dizaines de secondes se passèrent ainsi où tout le monde observait tout le monde avec angoisse. Chacun espérait que Batman allait surgir pour terrasser les *villains* qui menaçaient Gotham City. Mais ce n'était pas de la BD. Kassir eût tout juste le temps de contacter l'escorte du président Obama pour lui faire rebrousser chemin au plus vite que le sol s'ouvrit au centre d'un des deux bassins de Ground Zero, cédant la place à un animal phénoménal, qui se mit à battre des ailes et à cracher du feu jusqu'à la Freedom Tower encore en construction. Il en atteignait facilement le huitième étage. Ses flammes firent des ravages parmi les Men In Black montés à l'assaut et le deuxième dragon sortit alors du second bassin envoyant aussitôt *ad patres* un des trois Blackhawks du 10ème de Montagne. Le premier dragon s'envola dans un rugissement monstrueux qu'on entendit en écho jusqu'à Jersey City et Hoboken, il prit la direction du nord, survolant Harlem, le Bronx, Yonkers, puis le cours de la rivière Hudson jusqu'à ce qu'on le perde du côté du lac Champlain, à la frontière canadienne. Deux dragons sortirent de chacun des deux bassins. Un des quatre fut tué sur place par les renforts arrivés en moins de trois minutes, un second fut abattu au-dessus de l'océan, deux parvinrent à disparaître vers le nord. Le dernier des quatre, le plus immense, lança un jet de flammes si violent qu'il mit le feu à une des tours en construction sur le site, d'un coup d'aile il fit s'écraser au sol un second Blackhawk avant de s'élancer jusqu'à l'Empire State Building. Il se posa un instant sur son sommet, lança un nouveau jet de feu qui lamina le troisième Blackhawk et parvint à son tour à fendre l'air vers le nord avant que l'aviation ne puisse l'abattre. Bilan de l'aventure : 53 morts parmi les militaires, pompiers et policiers, 12 chez les civils, 2 dragons abattus, et un traumatisme rouvert doublé d'un effroi grandissant face à l'inconnu. Je venais de vivre tout ça en direct. Par une sorte de hasard, ou bien parce qu'on était justement le 11 septembre, ma télé était allumée sur CNN. Le truc était absolument apocalyptique et les dragons en vérité absolument merveilleux.

SUR LA TERRE DES DRAGONS

Compte-rendu de Termil-Paksaamal au Conseil Supérieur de Tarra-001

« *Mes chers amis, maître Siwolfann-Riink, mes frères. Rien n'est réglé sur 408. Les Eclaireurs ont dû se montrer prudents jusqu'ici car les petits hommes qui peuplent cette corde ont des capacités de réponse à nos actes bien supérieures à ce qu'il ont eu par le passé, lors de nos précédents voyages sur leur Tarra. Ils ont évolué, et, comme vous le pressentiez, maître Siwolfann, pas du tout dans le bon sens. Nous allons devoir leur mener une guerre plus précise et plus importante et, si nous ne parvenons pas à les contenir par la Terreur et les flammes, nous devrons faire appel aux Supras afin qu'ils s'intègrent parmi eux et prennent la direction de leurs nations.*

Nos Eclaireurs ont mené à bien plusieurs missions, et l'une d'entre elles était d'identifier les individus avec lesquels les Supras peuvent entrer en fusion. Nous en avons répertorié plus de trois cents, ce qui devrait nous permettre dans un premier temps de freiner la dérive de 408 et ensuite, en suivant le rythme biologique et politique des humains, d'en prendre le contrôle d'ici quelques années. Il sera temps alors de prendre une décision définitive.

Maître Siwolfann, mes amis, mes frères, comme vous le savez, certains Supra ne ressortiront pas vainqueurs des fusions qu'ils seront amenés à faire si l'on doit en arriver là. Aussi, je demande à ce que les Supra qui ne souhaitent pas prendre ce risque puissent se retirer dès aujourd'hui du Programme 408. Il y a d'autres cordes à surveiller où leur présence sera utile sans mettre leur vie en danger. »

Lundi 1er octobre 2012.
51ᵉ anniversaire de la création de la CIA.
« Comment ont-ils fait pour passer de un à un million en une seule année ? »
Alice Krige, extrait des dialogues du film *Le règne du feu*, de Rob Bowman (2002).

Comment décrire l'apocalypse ? A compter du 11 septembre tout ne fut plus que cris de guerre, angoisse et terreur, traque au dragon, besoin d'extermination. Les dragons il est vrai, étaient maintenant rentrés dans le jeu. Tout ce qui jusqu'alors avait pu ressembler de près ou de loin à un conte de fée ou à de la science-fiction était devenu une guerre mortelle. Des villes partirent en fumée. Des populations de millions de personnes furent déplacées vers tous les plateaux à moyenne altitude de la planète, qu'il semblait que les dragons eussent du mal à atteindre. Des usines furent dévastées. Des plantations pulvérisées. Plusieurs centaines de milliers de morts, peut-être davantage, en quelques semaines. Et plusieurs centaines de dragons, également. Les Men In Black, plus présents que jamais, avaient pris le pas sur les gouvernements, et l'Onu avait de fait perdu le contrôle de la situation. Le courageux Kadri Kassir, qui dirigeait les opérations le jour du 11 septembre, avait eu beau tempêter, le commandement opérationnel des Men In

Black avait été dévolu, en ce 1er octobre, au prince Guillaume de Luxembourg, général en chef de la micro-armée du Grand-Duché, mais surtout fils de Jacques-Henri de Nassau, président de plusieurs assemblées d'actionnaires des plus importantes multinationales européennes, et leader du nouveau consortium financier qui s'était créé de manière très discrète lors d'un forum exceptionnel à Davos, à la fin du mois de septembre. Nassau régnait sur son monde, celui de la finance, et la finance régnait sur le monde. Dans ce maelström sanglant, Nassau père et fils étaient devenus les véritables dirigeants d'une planète unifiée dans une guerre contre les dragons. Au passage, tout le reste était en train d'être oublié et le fossé séparant les riches des pauvres, les nantis des crève-la-faim, les hommes libres des esclaves, était en train de s'ouvrir plus vite encore que la Terre dégorgeant ses dragons.

Je zonais toujours une bouteille à la main, dans un état permanent de semi-ivresse. Marseille, jusque là, avait été épargnée. Les dragons de Saint-Victor prédits par Ruggero Confà, n'étaient pas sortis de leur antre et chacun faisait plus ou moins semblant de vaquer à ses occupations. L'Ibucc, se substituant aux gouvernements, nous avait construit des secteurs retranchés que les dragons n'étaient pas censés pouvoir atteindre, à rejoindre en cas d'alerte, et je n'étais visiblement pas le seul à faire couler l'alcool à flots pour oublier le mauvais air du temps. Depuis ce remake terrifiant du 11-Septembre, beaucoup de chômeurs et de chômeuses s'étaient engagés dans les Men In Black, certains portés par un patriotisme « humain » avouable, d'autres par cette envie d'en découdre violente et malsaine qui s'était emparé de millions d'individus, d'autres encore, même si le danger était au bout de l'aventure, parce que l'Ibucc rétribuait ses soldats et leur faisait voir du pays. Mais l'obsession qui montait depuis plusieurs semaines dépassait largement l'omniprésence des evnis. Ce vers quoi tendaient tous les esprits était cette date fatidique, qui approchait : le 21 décembre. La prédiction des Mayas, relayée par nombre de mauvais prophètes, entrevue par certains dans les écrits de Nostradamus, cette prédiction qui voulait que le 21 décembre 2012 soit le jour de la fin du monde, ou tout au moins de la fin d'un monde, prenait une consistance de plus en plus claire. Les sceptiques se faisaient rares, peut-être étais-je, finalement, le dernier.

Samedi 10 novembre 2012.
60ᵉ anniversaire de la démission du Norvégien Trygve Lie de son poste de secrétaire général de l'Onu.

« L'énorme monstre marin marqua une pause dans sa quête de la délicieuse odeur radioactive. Il expédia un message subsonique à une baleine grise qui croisait à quelques milles de lui (...) La baleine grise continua son infatigable progression vers le sud et répondit par un autre message subsonique qui disait : "Je t'ai reconnu. Marche à l'ombre." »

Extrait du roman de Christopher Moore *Le lézard lubrique de Melancholy Cove* (*The Lust Lizard of Melancholy Cove*, 1999), traduction Luc Baranger.

Plutôt que d'assister impuissant à l'effondrement tous azimuts de la planète - les dragons d'un côté et les Nassau père et fils de l'autre, qui semblaient arriver à point nommé pour mettre en coupes réglées ce qui restait des habitants de la terre et de leurs désirs - le colonel Kassir avait préféré rentrer dans sa contrée de naissance, l'antique ville d'Alep, dans le nord la Syrie. Kassir avait déserté New York, largement désertée elle-même par ses habitants, s'était fait transporter à Genève, au siège du commandement militaire de l'Onu, dans le quartier des Charmilles, un immeuble de verre et de béton protégé par des batteries anti-aériennes ainsi que des chars équipés de missiles sol-air et sol-sol. Là, il avait donné sa démission au commandement dont il dépendait puis il avait rejoint les vestiaires de la salle de sports où il avait ouvert son casier. Il avait ôté un à un tous les éléments qui faisaient de lui un militaire occidental. Les insignes. Le calot. La veste empesée. La chemise trop bien repassée. Le pantalon qui le serrait. Il avait gardé le slip et les chaussettes, avait jaugé du regard les lourdes chaussures de marche noire et décidé de les remettre. Puis il avait pris dans son casier la djellaba qu'il y conservait, qu'il aimait porter lorsqu'il avait terminé ses exercices physiques. Il avait refermé le casier sur sa vie de militaire « officiel » et, ainsi vêtu, « à l'orientale », il avait rejoint brièvement son appartement, proche du stade du Servette, le club de football qu'il avait bien aimé aller voir jouer, de temps à autre.

Kassir s'était allongé sur son lit, les mains croisées sous sa nuque, et avait réfléchi encore une fois. Non, sa décision était bel et bien prise, il irait combattre les dragons à sa manière, là où il pourrait peut-être sauver des gens et des lieux qui lui tenaient réellement à coeur.

Les vols commerciaux étant protégés par des avions militaires, Kassir se fit embarquer par un pilote français qui avait pour mission d'accompagner le vol hebdomadaire Francfort-Damas. A Damas il avait acheté un 4x4 pick-up Nissan d'occasion, modèle Navara, et il avait rejoint Alep, via Homs, en un peu moins de quatre heures.

Les parents de Kadri Kassir avaient été « éliminés » par le régime dictatorial de la Syrie, bien des années auparavant, ce qui avait motivé sa fuite et son exil, il avait donc échappé aux exactions de l'Etat islamique qui suivirent, mais il avait encore une maison familiale, occupée par des cousins dont il avait plus ou moins oublié, ou préféré oublier, les noms. Avant l'arrivée des dragons, Alep était aux mains d'une junte militaro-islamiste qui avait plus ou moins réussi à s'émanciper du pouvoir central, mais ici aussi l'Ibucc avait installé ses hommes, bâti en urgence un nouveau quartier fortifié et se targuait d'être le garant de la sécurité anti-evnis.

Il se mit à pleuvoir sur Alep lorsque Kassir arriva en ville. La maison était installé dans un faubourg qui semblait épargné par l'agitation globale qui s'était emparée de la Syrie comme de toute autre partie du globe. Des femmes voilées en croisaient d'autres qui étaient habillées à l'européenne, les deux mondes « d'avant », Orient et Occident, semblaient, après des années de guerre et de destruction, s'interpénétrer désormais sans dommages. Mais les dragons, eux, étaient omniprésents dans les esprits. En témoignaient des peintures murales, des alertes sonores, les images de la télévision locale et les premières conversations que Kassir surprit, en prenant un café dans un établissement de la vieille ville, près du souk. Une bande de cinq ou six evnis terrorisait les villages et le monastère proches du lac d'As Safirah, à quelques kilomètres au sud-est. Les moines, qui avaient résisté jusque-là à tout, y compris à la pression sanglante des groupes armés islamistes, devaient maintenant faire face à un ennemi autrement plus efficace. Kassir décida sur le champ de les rejoindre et de les aider dans leur combat. Mais avant cela, il fallait qu'il s'entoure de quelques hommes et qu'il trouve des armes. A Alep, ce n'était pas ce qu'il y avait de plus difficile...

Deux jours plus tard, à la tête d'un groupe d'une douzaine de combattants, dont trois de ses cousins et une des ses cousines, répartis sur trois véhicules lourdement armés, dont le Navara qu'il avait acheté à Damas, Kassir fit son entrée dans le monastère.

Un silence de plomb régnait sur les lieux.

Les combattants se déployèrent pour inspecter les bâtiments et au bout de quelques minutes ils découvrirent un charnier dans une cour fortifiée attenante à la chapelle. Les corps étaient déchiquetés et carbonisés, comme s'ils avaient été tenus sur des flammes par d'immenses serres laminant leurs chairs. Kassir avait déjà vu et affronté les dragons et ses hommes, tout comme lui, avaient depuis longtemps perdu toute illusion. Ne leur restait que la colère. Une colère immense. A l'aide d'appareils électroniques qu'il avait acquis à Alep, l'ex-colonel put scanner le secteur et localiser des mouvements aériens suspects au-dessus du lac. Les véhicules commencèrent à faire mouvement. Rapidement, les evnis furent en vue et un combat s'engagea. Venant du commandement de l'Ibucc d'Alep une petite colonne d'engins militarisés et deux hélicoptères des Men In Black rejoignirent Kassir et sa milice. Au bout de vingt-quatre heures trois hommes avaient perdu la vie et un dragon avait été abattu, coulant profondément au coeur de l'eau. Les quatre evnis restant battirent en retraite vers le sud, vers le désert. Le capitaine des Men In Black, une jeune Australienne répondant au nom d'Ellen Bones, dont c'était le premier feu, autorisa le colonel à prendre les commandes d'un des deux hélicos et les engins filèrent à la poursuite des dragons. Dix hommes et leurs armes avaient pu prendre place dans les appareils, le reste de la troupe tentait de suivre par voie terrestre, via les pistes du désert. Deux heures plus tard, les dragons s'installaient dans ce qui restait des ruines de Palmyre, l'antique capitale de la reine Zénobie, l'oasis caravanier au milieu du grand tout.

Parmi les quatre dragons, l'un était d'une couleur légèrement différente des autres et sa peau - ou ses écailles, Kassir n'avait pas approché les bêtes d'assez près pour en préciser exactement la texture - semblait marbrée, avec des rayures allant du marron au vert. Celui-là avait des yeux d'un rouge vermillon lumineux, qui étaient comme une invitation à pénétrer l'enfer. Pourtant, quand le colonel croisa son regard, le frisson qui le parcourut ne fut pas un frisson de peur, plutôt une onde familière, inconnue mais pourtant familière, comme s'il avait déjà croisé - chose impossible, même en rêve - la vie de cette fuligineuse créature. La sensation dura une fraction de seconde puis le dragon s'effondra, atteint par un missile tiré par Ellen Bones. Kassir ressentit alors une curieuse chaleur, comme s'il avait lui même été touché par un éclat. Ce n'était pourtant pas le cas. Sans réfléchir plus avant il continua le combat.

Partout sur la planète, milices spontanés, armées régulières et troupes de l'Ibucc livraient de semblables batailles. Mais les dragons peu à peu prenaient le dessus et investissaient des zones de plus en plus immenses que les humains quittaient en masse, la peur au ventre, tentant de trouver refuge dans les montagnes et les hauts-plateaux, où les evnis avaient plus de difficultés faire régner leur terreur.

Mais la date fatidique du 21 décembre approchait et plus elle approchait plus de nombreux gourous, prêtres autoproclamés d'une religion nouvelle, plus de nombreux hommes et femmes, voyaient dans cette invasion terrifiante la réalisation de la prédiction des Mayas. D'une manière certes inattendue, mais, comment dire, diablement efficace...

**Vendredi 21 décembre 2012.
42ᵉ anniversaire du lancement d'Apollo 8, première mission spatiale habitée au-delà de l'orbite terrestre. Le matin.**
*« Ride the snake, ride the snake
To the lake, the ancient lake, baby. »*
The Doors – "The End" (1967).

La journée démarra dans un silence total, un silence de mort. D'un commun accord tacite, les trois-quarts au moins de la population encore installée dans la ville avait décidé de rester chez soi, de ne pas aller au travail, ou ce qui en tenait encore lieu, de ne pas sortir faire des courses, de ne pas allumer la télévision ni la radio. Quelques aboiements persistants me réveillèrent cependant. Dans le calme morbide qui régnait, même les nombreux hommes en armes, postés aux points officiellement névralgiques, avaient l'air d'être ailleurs. Il avait bien fallu quand même que les propriétaires de chiens descendent leurs animaux afin qu'ils fassent leurs besoins. Bizarrement les chiens n'avaient pas l'air inquiet, eux. Ils ne semblaient pas ressentir un drame imminent, une catastrophe définitive. Marseille était à eux et leurs maîtres étant plongés dans une aphasie stérile, ils cavalaient comme de bons toutous sur des trottoirs et dans des squares laissés vides pour leur plus grand bonheur. L'un d'eux me sortit donc du sommeil en aboyant joyeusement devant ma fenêtre. Il ne devait pas être beaucoup plus de sept heures et j'avais la gueule de bois, comme tous les jours. Pourtant on aurait dit qu'un tout petit *mojo* revenait danser dans ma tête et que les ombres n'étaient pas là ce matin. Etrange. J'allai à la cuisine et dans un grand verre je me versais un doigt de jus de citron concentré, une cuillère à soupe de sucre en poudre, le tout arrosé de vingt centilitres d'eau bien fraîche. Je frissonnai et m'ébrouai, ça allait déjà mieux. Est-ce que ce jour allait être le dernier jour de ma vie, le dernier jour de l'espèce humaine ? Dit comme ça, ça avait quand même l'air un peu risible. Je décidai que non - ces Mayas étaient en vérité de sacrés plaisantins - et me dirigeai vers la salle de bains pour me faire tout beau tout propre au cas où la Mort vienne malgré tout me rapatrier dans les limbes. Le téléphone sonna avant que je n'aie le temps d'ouvrir le robinet.

- Biagio ?
- Biagio LaMarca, pour vous servir.

Il semblait bien que j'étais d'humeur badine finalement. Après tout, autant mourir en souriant. D'autant que la voix que je venais d'entendre, pour grave et suave qu'elle fut, semblait me revenir d'outre-tombe. Jennifer. Que me voulait-elle ? Faire l'amour une dernière fois avant la fin ? Voilà qui ne serait pas si banal.

- Ne fais pas le malin, il faut que je t'emmène chez Eva-Eve, elle veut te voir.
- Eva-Eve ?

- Ma voyante.
- La chiromancienne mauricienne ? Tu crois vraiment que c'est l'heure ? Et le jour ?
Plus sévère qu'une institutrice des années cinquante, Jenn clôtura le débat :
- Tu te prépares, je suis chez toi dans une demi-heure. Ne discute pas. Elle vient de me réveiller, elle veut te voir.

Vendredi 21 décembre 2012.
Fête du Dong Zhi en Asie de l'Est et de Yule dans les pays nordiques, correspondant au solstice d'hiver. Toujours le matin.
« *Now, I am a dragon. Please listen to me.*
For I'm misunderstood to a dreadful degree.
This ecology needs me and I know my place.
But I'm fighting extinction with all of my race. »
The Brobdingnagian Bards – "The Dragon's Retort" (1999).

Une agitation légère faisait onduler les eaux du Vieux-Port de Marseille. Les bateaux de plaisance, innombrables, qui habillaient cette calanque devenue le coeur d'une immense cité, se trémoussaient comme des pantins raidis par le vent. Mais ce n'était pas de vent qu'il était question, pour une fois. Sous les eaux, invisibles, un animal inconnu faisait des tours désordonnés. Il se sentait nerveux. Son nom était Musilag, mais personne sur cette planète n'aurait pu le prononcer. Il sentait ma présence, mais bien sûr, cela, je ne le savais pas. Quoique. Peut-être l'excitation que je ressentais depuis le matin n'était-elle pas due à Jenn mais à l'imminence d'une rencontre inconnue. De cela, oui, j'en avais plus ou moins conscience. D'une manière diffuse et incertaine.

Jusqu'à présent, Marseille, sous haute surveillance, quadrillée par les Men In Black, son ciel scanné et rescanné en permanence par toutes sortes de radars et de sondes plus modernes et efficaces les uns que les autres, n'avait pas encore identifié une présence d'evni sur son territoire. Aussi l'agitation ne fut pas légère mais maximum, à son comble, quand un point rouge fit son apparition sur les écrans de contrôle en plein coeur de la ville. Le responsable local de l'Ibucc, le major Alban Cadet, se concerta aussitôt avec le maire de la ville, un homme de l'ancienne école totalement dépassé par les événements, et tenta de lui expliquer qu'il fallait réagir au plus vite. Mais l'édile tergiversait et pendant ce temps, Musilag se décida enfin à sortir de l'onde, tel la Vénus de Botticelli. Mais en beaucoup plus gros.

Vendredi 21 décembre 2012.
100ème anniversaire de la naissance du comédien Paul Meurisse, alias "le monocle". Il vous salue bien en cet étrange matin...
 « *Godzilla, king of the monsters ! It's alive* »
 Extrait de la bande-annonce américaine du film *Godzilla*, de Ishirô Honda (1954).

L'immense dragon s'ébroua et mit une patte sur le bitume de l'esplanade minérale du Vieux-Port de Marseille. D'un coup de queue il fracassa en mille et un morceaux l'ombrière de verre et de fer qui dominait les lieux et qui avait fait la fierté des urbanistes l'ayant conçue. Si un amateur de films japonais avait été dans le coin, il eût immédiatement pensé à Godzilla. Mais ce n'était pas lui, c'était encore plus étrange. Le dragon, après avoir observé de manière circulaire les options qui se présentaient à lui, se mit à remonter la Canebière, non pas en volant, mais à pied, presque en flânant, comme un promeneur l'eût fait en débarquant d'un paquebot de croisière. Les gens se tassaient au fond des immeubles et des appartements, hésitant entre s'approcher pour voir et s'éloigner au maximum pour fuir. A dire vrai, la plupart choisirent de fuir. On entendit quelques cris ; un hurluberlu s'avança au-devant du monstre et tenta de se prosterner à ses pieds. Le dragon souffla une onde brûlante et l'illuminé prit ses jambes à son cou, fusant vers une ruelle adjacente où l'on se bousculait déjà avec une certaine véhémence. Musilag n'était pas si immense que ça, en fait, sa tête devait arriver au niveau du deuxième étage des bâtiments. Si bien que quand il lança une langue de feu en passant devant l'office de tourisme, ce furent les bureaux de la direction qui s'enflammèrent sur-le-champ, alors que l'animal (la bête ? le monstre ?) poursuivait sa marche. Comme le dit la chanson, l'avenue emblématique marseillaise, la Canebière, finit "*au bout de la terre*". Et pour ceux qui observaient la scène, rencoignés derrière des fenêtres à barreaux ou coincés dans un coin de porte en se faisant aussi minuscules que possible, il semblait bien effectivement que l'instant ne dut jamais finir. Pourtant Musilag avançait sans trop se soucier de ce qui se passait autour de lui. Il brûla quand même le manège de la place de la Bourse, sur lequel, parmi les animaux de bois, tournait une ridicule réplique de dragon cracheur de feu. Puis il renversa avec une certaine négligence la rame de tramway qui lui bloquait le passage à l'angle du cours Saint-Louis, envoyant valdinguer le wagon sur les étals du marchand de coquillage, moules et huîtres explosant sous l'impact. Le tram s'encastra pour finir dans la vitrine d'un chapelier.

Du haut de l'avenue arriva soudain une colonne de véhicules blindés. Le maire avait enfin cédé aux exigences du major Cadet. Le dragon sembla hésiter quelques instants sur le comportement à adopter.

Mais il n'était pas là pour tuer des hommes sans compter, il était en mission, il devait en retrouver un bien particulier et c'est à celui-là, et celui-là seulement, qu'il devait aujourd'hui s'affronter...

Il prit donc son envol, ignorant et évitant avec superbe le feu de la mitraille des soldats de l'Ibucc qui tentaient de lui faire mordre la poussière. Il s'éleva assez haut dans l'azur pour échapper aux tirs et se dirigea vers le nord.

Vendredi 21 décembre 2012.
72ème anniversaire de la naissance de Franck Zappa, guitariste. Plus tard.
« Des monstres provenant du subconscient... Oui, voilà ce que le pauvre docteur voulait dire. »
Leslie Nielsen, extrait des dialogues du film *Planète interdite*, de Fred McLeod Wilcox (1956), libre adaptation de *La tempête*, de Shakespeare (1611).

Ignorant tout de l'émergence d'un dragon dans les eaux du Vieux-Port, j'étais pendant ce temps parti en compagnie de Jennifer, pour aller rencontrer cette chiromancienne qui voulait absolument avoir une discussion avec moi. Eva-Eve tenait boutique dans un immense loft, façonné dans un ancien entrepôt dans le quartier des ports, du côté de La Joliette. Sans aucun doute experte en décoration baroque, elle avait fait de ce cube de béton un lieu totalement décalé, ressemblant étrangement à un bel appartement bourgeois du coeur de la ville. Un monte-charge qui devait bien dater des années trente nous emporta en couinant vers le second niveau du loft, qui n'était pas loin de correspondre à un troisième étage. Haut plafond, tentures sombres, immenses vases chinois posés à même un parquet en marqueterie brillant comme des plaques neuves de vitrocéramique, vasques en marbre le long des couloirs menant au centre de l'espace aménagé, l'aspect industriel était totalement estompé, les lieux respiraient le luxe. Un luxe cossu et rassurant, comme si le temps n'avait aucune emprise sur l'endroit. Un rideau de velours entièrement noir tombant d'un plafond de près de six mètres barrait l'entrée de ce qui devait être le salon, ou tout au moins le centre névralgique, de la « tanière » d'Eva-Eve. Une ampoule violette, nue, était allumée, installée sur un guéridon de pierre noire.

- Attends, me dit Jennifer. On entrera quand l'ampoule sera éteinte.

Cela me donna le temps d'une inspection détaillée. Trois mètres sur quatre à peu près, une véritable petite pièce seulement meublée d'un canapé un rien spartiate, lui aussi recouvert de noir, tout comme était noires les deux tablettes disposées de part et d'autre. Le tout, baignant dans la lumière violette, donnait à cette salle d'attente des allures d'antichambre de la mort. L'aspect rassurant de l'immense appartement s'était brutalement effacé, pour céder la place à une sorte d'angoisse sourde. Jennifer transpirait, un sillon de sueur rendue iridescente par la lumière presque noire coulait de son cou. Je m'aperçus moi aussi que mes mains étaient subitement devenues moites.

La lumière s'éteignit soudain et le rideau s'écarta, mu par un mécanisme électrique qui nous ouvrit un passage sur un bref couloir, ou plus exactement un vestibule, de quatre ou cinq mètres carrés.

- Entrez, entrez, fit soudain la voix limpide d'Eva-Eve, n'ayez pas peur, j'arrive, asseyez-vous, je vous rejoins.

Dans la pièce il n'y avait personne... Si ce n'est une impressionnante collection de vanités. En tableaux, en sculptures, moulés, réels, déformés, improbables, cubistes, antiques, numériques tournant sur des écrans d'ordinateurs, les crânes humains étaient omniprésents dans cette vaste salle ceinturée de rayonnages et de vitrines en chêne massif. Deux fenêtres, visiblement ouvertes après coup dans la structure de l'ancien entrepôt, brisaient le rythme des crânes. Au fond de la pièce un bureau Empire monumental, sur lequel trônait un micro-ordinateur PC dernier cri, évidemment noir, et un jeu de tarots. Un siège ergonomique au design ultra moderne derrière le bureau et trois fauteuils crapauds détonant en face, l'un recouvert de cuir vert, le second rouge, et le troisième jaune ; comme une intrusion rasta dans cet univers vaudou et baroque.

Eva-Eve fit son apparition par un des côtés de la pièce, via une porte dérobée cachée à notre vue par un pan de bibliothèque. De taille moyenne, elle était noire comme l'ébène, elle avait les traits fins, les yeux en amandes et les pommettes saillantes d'une asiatique. Une longue chevelure blonde lui donnait un aspect surréaliste. Les ongles longs et manucurés, dorés, étaient assortis à sa crinière. La chiromancienne portait une longue robe fourreau d'un rouge tirant sur le pourpre, arborant bien entendu un magnifique dragon qui s'enroulait autour de sa taille pour cracher du feu à hauteur de sa poitrine. Un vrai cliché à la Tarantino, une Pam Grier revisitée version Fu Man Shu. J'étais à deux doigts d'éclater de rire tant Eva-Eve et son antre me faisaient penser à un univers de cinéma bis, au décor réussi mais kitsch d'une production populaire. Je ne boudais pas mon plaisir toutefois, après être passé de l'autre côté de l'écran pour vivre en direct depuis plusieurs mois une saga fantastique voilà que l'on me proposait d'être un des protagonistes d'une parfaite série B sortie tout droit des seventies. Du nanan. Je réprimai un sourire. Jennifer me jetait des regards convulsés, elle était parfaitement en phase avec l'ambiance ; Eva-Eve était une sorte de maître Yoda décalqué qui allait faire sa grande révélation, Jennifer l'ingénue destinée à être croquée par un monstre et moi, *of course*, le sauveur de l'humanité. La chiromancienne ne me laissa pas divaguer plus longtemps. Son regard cherchait le mien depuis qu'elle était entrée dans la pièce et, dès qu'elle le trouva, elle me vrilla un éclair noir qui me calma instantanément.

- Assieds-toi, mon tout beau ; alors comme ça tu vois des ombres.

Je m'assis.

- Les ombres que tu vois existent. Et je ne parle pas seulement des dragons.

Jennifer tourna de l'oeil et s'affaissa dans son fauteuil, complètement sous l'emprise de cette harpie blonde à la peau couleur charbon.

- D'autres les voient aussi, reprit la voyante.

- Je n'en ai pas vu aujourd'hui. Je vais mieux.

- Les ombres que tu vois existent réellement, dans une autre réalité, j'ai mis des années à en percevoir certaines, parfois, à peine, comme des ombres fugaces. Toi, tu les vois naturellement, ou tu les attires. Et tu es un des derniers, ou peut-être le dernier.

- Peu importe que je voie des ombres, le monde est en guerre contre des dragons. Et je ne peux rien y faire. Alors, mes ombres... Et je vous l'ai déjà dit, elles sont parties.

- Tu es proche des mondes parallèles. Les ombres que tu vois sont leurs reflets. Ce ne sont pas des ombres. C'est une autre réalité, qui vit en même temps que nous, à côté de nous, sur cette Terre, mais pas tout à fait, sur une autre Terre comme celle-ci dans une autre réalité, qui avance parallèlement à la nôtre. Les dragons existent, mais ils ne devraient pas être là, ils appartiennent cette autre réalité. Et c'est toi qu'ils cherchent. Toi et tes pareils. Vous êtes leur porte d'entrée dans notre réalité.

Je n'avais pas de réponse à fournir à Eva-Eve; d'un côté, on continuait à naviguer en pleine série B, pseudo-scientifique cette fois, d'un autre côté ce qu'elle m'expliquait faisait vibrer en moi des résonances profondes. Pourquoi par exemple ce dragon s'était-il approché de moi sur l'autoroute puis avait brusquement changé de cap ? Pourquoi Marta

Ramirez m'avait-elle tout de suite « choisi » comme un interlocuteur à qui se confier ? Et surtout pourquoi les dragons ne m'avaient-ils jamais vraiment fait peur, pourquoi trouvai-je depuis le début que tout cela allait de soi, que leur apparition était normale, presque logique ?

- Je ne suis pas seulement une chiromancienne, pour suivit Eva-Eve, si tu préfères tu peux m'appeler docteur Eve-France Dufresne d'Arsel, je suis la descendante de la plus ancienne famille européenne de l'île Maurice, diplômée en physique quantique à l'université de Genève. Mes recherches m'ont amenée à étudier et analyser le travail d'un certain de nombre de mages et de voyants qui ont un sens très particulier de la réalité. Tous ne disent pas n'importe quoi. Certains sont comme toi. Ils perçoivent d'autres possibles, d'autres mondes. Et cela s'explique dès lors que l'on s'intéresse à la théorie des membranes et qu'on la dope à la physique quantique. Tu peux me croire, cela fait des années que je travaille sur le sujet. Mais toi, tu es un cas très particulier. Car non seulement tu perçois les autres mondes, mais les autres mondes te perçoivent aussi. Un, tout au moins : celui dans lequel vivent nos dragons ; c'est toi qui les a attirés. Je ne sais pas comment ils ont traversé la membrane, mais tu les y a nécessairement aidés. Toi et tes semblables s'il y en a. Et vous seuls pouvaient les faire repartir. Mais avant, j'ai besoin de plonger avec toi, de visiter ton esprit, c'est ma seule chance de trouver la pièce qui me manque pour conclure mes travaux. Tout est prêt dans mon laboratoire, juste à côté, dans la pièce voisine.

D'un geste sec, Eva-Eve sortit une arme de poing d'un tiroir de son bureau et me fit signe de la suivre ; Jennifer s'accrochait à mon bras, on n'aurait pas su dire si elle était apeurée, affolée ou surexcitée.

Vendredi 21 décembre 2012.
133ème anniversaire de la naissance de Joseph Staline, dictateur. Dans la foulée.
« *Standing in the hall*
Of the great cathedral
Waiting for the transport to come
Starship 21ZNA9
A good friend of mine
Studies the stars
Venus and Mars
Are alright tonight. »
Paul McCartney and The Wings – "Venus and Mars" (1975).

La vraie-fausse scientifique, ou vraie-fausse chiromancienne, allez savoir, mais mauricienne ça c'était certain, avait son flingue braqué droit sur un point imaginaire entre mon aorte et mon coeur et je me demandais comment j'allais sortir de cette situation calamiteuse lorsqu'un *deus ex machina* pas si inattendu que ça déboula dans l'histoire. Emergeant du bruit blanc de la ville, on entendit peu à peu monter un vacarme à l'extérieur, isolé de la rumeur lointaine des rues, comme si une ribambelle de camions-poubelles s'empalaient les uns les autres, et soudain un coup fut frappé à une des fenêtres de la pièce, un coup brutal qui se répéta et brisa les carreaux. Un mufle couvert d'écailles apparut, bientôt suivi du corps entier d'un dragon qui bascula toutes les vanités, fit valdinguer d'un sifflement de queue le rideau noir qui fermait les lieux et souffla enfin une haleine brûlante qui propulsa à terre la pauvre Jennifer. Eva-Eve tenta de lui tirer dessus mais la balle se perdit dans le plafond. Le dragon ne la crama pas mais lui balança un coup de patte digne des meilleures scènes de *Kung Fu Panda*. Debout sur ses antérieurs l'animal touchait presque le plafond. Il était silencieux et me regardait. Jennifer était dans les vapes, la Mauricienne au tapis, il ne restait plus que lui et moi. Etrangement, il ne semblait pas me vouloir du mal. Mais que me voulait-il dans ce cas ? Plus étrangement encore, j'avais la sensation de le connaître ou de le reconnaître. Ce dragon était celui qui m'avait foncé dessus sur l'autoroute, j'en étais certain, mais il n'y avait pas que ça. Il était là pour moi, comme l'avait dit Eva-Eve, et je recevais de sa part un message confus, que mon cerveau ne parvenait pas à décrypter parfaitement, mais qui parlait de lui et moi comme d'une seule personne. Une seule entité. Une seule créature.

Je compris que les deux devaient se réunir. Ou c'était moi qui disparaissais en lui ou c'était lui qui disparaissait en moi. Je me demandais si cela était compatible avec la théorie des cordes et des membranes du professeur Eve-France Dufresne d'Arsel, mais j'étais certain que la solution était là, entre lui et moi. C'était bien moi que les dragons étaient venus chercher, soit pour me ramener avec eux dans leur dimension, soit pour m'utiliser comme une passerelle pour conquérir cette dimension-ci. Il n'était pas question de les laisser faire. Ils n'allaient ni envahir la terre ni m'abolir à l'intérieur de l'un des leurs. Mais comment résister ? Qu'avais-je en moi qui me permettrait de ne pas succomber à cet autre moi-même écumant et fumant qui était à deux doigts de me réduire en charpie ?

* * *

Dans la périphérie de mon champ de vision, Jennifer semblait revenir à elle. Elle poussa un petit cri qui me fit tourner la tête vers elle. Le dragon en fit autant. J'avais l'impression de vivre en simultané avec lui. Curieuse sensation, lui était moi et moi j'étais lui. C'était tout ce qu'il y avait à savoir. Si nous étions *un* nous allions donc nous retrouver, et dans ce monde-ci, pas dans le sien, dans ce monde-ci délivré des dragons, j'en faisais mon affaire. Poussé par des certitudes complètement délirantes mais qui pourtant me semblèrent sur l'instant d'une logique implacable, je décidai de lui sauter dessus, comme si moi, frêle quidam, écrivaillon de sous-préfecture, je pouvais terrasser à mains nues un dragon de quatre mètres de haut écumant et rageant...

Et pourtant je lui sautai dessus.

Je sentis comme une brûlure m'échauffer tout le corps et un voyage fantastique commença. Je ne sais pas si cela dura une fraction de secondes ou des journées entières mais pour moi ce ne fut pas de tout repos. Une forme de combat mental comme on les imagine dans des romans de science-fiction ésotérique. En nous jetant l'un sur l'autre, ce dragon et moi n'étions plus nous-mêmes. Réunis par notre désir d'en découdre nous avons atteint une limbe, un interstice, un entre-deux, où seuls nos esprits existaient encore. Musilag-Semdy, puisque tel était son nom, que j'appris lors de cette confrontation, m'emmena sur sa version à lui de la Terre, je l'entraînai dans la mienne, il m'expliqua pourquoi lui et les siens étaient là, comment notre Terre semblait un obstacle à la leur, comment lui et quelques autres de sa caste avaient cherché leurs alter ego ici, comment et pourquoi je devais m'incliner devant lui. Je lui expliquai à mon tour pourquoi cela n'était pas possible, tout le mal qu'ils avaient déjà commis ici, la terreur qu'avait engendré leur invasion. Du sang et des larmes. Des deux côtés. Puis vint le silence, le silence mental. Seulement soutenu par nos efforts impalpables pour repousser l'autre. Un peu comme un bras de fer cérébral. Le docteur Morbius face au tigre psychique dans *Planète interdite*... J'eus l'impression que cela dura des heures. Puis que, petit à petit, Musilag-Semdy s'éloignait, renonçait. Je maintins la pression. Comme un coureur de dix-mille mètres qui sent la victoire, qui voit ses adversaires distancés petit à petit, et qui trouve la force d'en remettre une dernière couche dans le dernier tour. L'énergie du désespoir, la dernière cartouche, le va-tout, le tout ou rien, le ça-passe-ou-ça-casse... J'étais au bord de craquer, de céder, de m'effondrer.

* * *

Puis tout redevint normal.

Vendredi 21 décembre 2012.
Premier jour de l'hiver. Pour finir.
« Got my mojo working. »
Muddy Waters - "Got my mojo working" (1957).

Jennifer et Eva-Eve étaient toujours dans les vapes, l'une désarticulée au bord d'une fenêtre, l'autre tassée dans un fauteuil. La pièce semblait avoir subi un ouragan, des crânes en mille morceaux jonchaient le sol, des éclats de verre s'étaient fichés dans les murs et ce qu'il restait du mobilier et des bibliothèques, et l'étrange scientifique aurait peut-être du mal à survivre à celui qui dépassait de sa robe à hauteur du cœur.
Quant au dragon...
Il avait disparu.
Soit Eva-Eve et ses fumeuses théories avaient cerné la vérité. Soit mon petit *mojo* était décidément un surdoué.

THIS IS THE END.
THE DOOR IS CLOSED.
OR NOT.

SUR LA TERRE DES DRAGONS – EPILOGUE

Réflexions de Musilag-Semdy avant de se rendre au Conseil de l'Ordre des Supras

« Ils se croient malins ? Ils se croient plus intelligents ? Il faudra pourtant bien que nous trouvions le moyen de leur rabattre le caquet. J'ai dû repartir de leur terre sans aller au bout de ma mission car en s'unissant à moi cet animal bipède nous aurait annihilés tous les deux. Son mental était trop fort, comme s'il avait saisi ma pensée. Je ne tiens pas à perdre la vie. Même si elle est en sursis. Toute vie est en sursis. La nôtre plus particulièrement. Nous avons découvert les portes par hasard. Il y a tellement longtemps. Depuis nous nous promenons sur les Tarras parallèles. Il semblerait que notre apparence effraie la plupart des habitants de toutes ces planètes. Cela nous garantit une certaine sécurité dans nos voyages. Certains sont des bipèdes, comme ceux-là, qui s'appellent les hommes ; sur d'autres terres leur cousin le singe est plus évolué et a pris le dessus. Sur certaines, fourmis et termites ont colonisé toute la surface, ailleurs les félins se sont faits rois ; d'autres sont vides, en apparence, car c'est dans les océans que la vie et l'intelligence se sont développées. Nous sommes les seuls dragons de toutes les planètes parallèles que j'ai visitées à être devenus les maîtres de notre terre. Cela me rend fier, mais je ne suis pas plus en sécurité

pour autant. Je crache du feu et je vole, la belle affaire, rien d'extraordinaire pour moi, je fais ça depuis mon plus jeune âge. Sur certaines planètes, des bipèdes nous ont mis en esclavage et se servent de nous comme montures. Je me demande par quel miracle nos frères se laissent ainsi faire. Décidément ces humains sont dangereux. Ils sont les seuls à avoir mis leur terre en péril à force de la creuser, de la dénaturer, de la détruire. Mais s'ils détruisent leur terre, par une réaction en chaîne les autres ne résisteront pas. Notre mission est donc simple. Il nous faut réduire ces hommes avant qu'ils ne franchissent le point de non-retour. Nous avons fait déjà plusieurs missions d'étude. Nous avons tentés de les vaincre par la force. Et la fusion Supra ne permet pas de les contrôler. Ce n'est pas si simple. Les plus malins comprennent et s'ils comprennent ils peuvent nous éliminer. Nous allons devoir être plus forts. Mais nous ne sommes pas assez nombreux et leurs armes sont mortelles autant que leur psyché. Ces petits êtres risquent fort de mettre fin à toutes les terres parallèles.

Il faudra bientôt que j'y retourne. La porte n'est pas fermée, elle n'est jamais fermée pour nous. Je vais d'abord panser mes plaies. Et faire mon rapport au Conseil. Demain il fera jour.

Peut-être. »

The End
« Et si on découvrait un passage vers des mondes parallèles. Si on pouvait glisser vers des milliers d'univers différents... »
Générique de la série *Sliders*, créée par Tracy Tormé et Robert K. Weiss pour les chaînes Fox et Sci Fi Channel, 1995.

*Sous la voûte céleste, ou autre,
le cinquième jour.*

Dans la même collection

2016
La porte des dragons - Patrick Coolumb
#TCDJ, Le Titre Con Du Jour - collectif TCDJ
L'illusion du belvédère - Patrick Coulomb

2018
Docteur Miam - Patrick Coulomb

2019
Une collection de monstres – Patrick Coulomb
Star – Sébastien Doubinsky
Le feu au royaume – Sébastien Doubinsky
Vienne le temps des dragons – Patrick Coulomb
Orenoen (Vienne le temps des dragons, vol. 2) – Patrick Coulomb

**Dans la Melmac Collection,
aux éditions Gaussen**

2017
Plan de Campagne, Stéphane Sarpaux
On l'appelle Marseille, Patrick Coulomb
La liste d'attente, Robert P. Vigouroux

2018
Marseille, an 3013 (collectif)

2019
Il était une fois… dans la bibliothèque (collectif)

Du même auteur

Romans et essais
Pourriture Beach, (pseudonyme de Patrick Blaise), L'écailler du Sud, 2000
L'illusion du belvédère, L'écailler du Sud, 2003
Voir Phocée et mourir, (pseudonyme Patrick Blaise), L'écailler du Sud, 2005
L'inventeur de villes, éd. Gaussen, 2013
#TCDJ - Le Titre Con Du Jour, éditions Ensemble, 2015
Marseille - éboueur un jour, enquêteur toujours (réédition de l'intégrale du personnage Biagio Cataldese), 1961digitaledition, 2015
La résistible ascension de Marcello Ruffian, Horsain, 2015
On l'appelle Marseille, éd. Gaussen 2017
Les Marseillais (co-auteur avec François Thomazeau), Ateliers Henry Dougier, collection « Lignes de vie d'un peuple », 2018

Nouvelles, dont
Pollo alla diavola, in *13, passage Gachimpega* (Les Editions du Ricochet, 1998)
Florida Fiesta, in *La Fiesta dessoude* (L'écailler du Sud, 2001)
Supporter solitaire (pseudonyme de Cyril Marasque), in *Onze fois l'OM, le tacle et la plume* (L'écailler du Sud, 2004)

Immigration fatale, in *De mer, de pierre, de fer et de chair, histoires du port autonome de Marseille* (Cheminements, 2006)

Priez pour nous Humphrey Bogie (in Le Zaporogue #13, 2012)

Le mortel géographe, in Nouvelles des 4 jeudis #9 (1961digitaledition, 2013)

Le silence est ton meilleur ami, in *Marseille Noir* (éditions Asphalte, 2014)

Illustration de couverture : © sylphe_7 / iStock.
Illustrations intérieures : mur peint du magasin Science Fiction Bokhandeln, à Göteborg (Suède) ; le dragon qui marque l'entrée de la City de Londres. Sculpture de Charles Bell Birch (1878).
Photos © Patrick Coulomb.
Création graphique et maquette © The Coolpop Agency.

*The Melmac Cat vient d'une autre planète.
Ses collections sont ouvertes aux récits de fiction
et de genre, aux chroniques et à la poésie urbaine.
Et au reste, bien sûr.
-
Sous la voûte céleste, ou autre.*

MERCI
THANKS
GRAZIE
GRACIAS
OBRIGADO
SPASIBA
DANKE
TAK
TODA
CHENORHAGALOUTIOUN
CHOUKRAN
JERE JEF
ASANTE
XIEXIE
NAMASTE
ARIGATO